LOCUS

LOCUS

LOCUS

LOCUS

to

fiction

to 115
湖上的鴨子都到哪裡去了

作者：朱宥勳
責任編輯：林盈志
封面設計：林育鋒
內頁排版：江宜蔚
校對：呂佳真
出版者：大塊文化出版股份有限公司
台北市10550 南京東路四段25號11樓
www.locuspublishing.com

讀者服務專線：0800-006689
TEL：(02)87123898　FAX：(02)87123897
郵撥帳號：18955675　戶名：大塊文化出版股份有限公司
法律顧問：董安丹律師、顧慕堯律師

總經銷：大和書報圖書股份有限公司
地址：新北市新莊區五工五路2號
TEL：(02) 89902588　FAX：(02) 22901658

初版一刷：2019年10月
定價：新台幣350元
ISBN：978-986-5406-11-0

本書獲 NCAF 國|藝|會 創作補助

湖上的鴨子都到哪裡去了

The Ducks in the Lagoon

朱宥勳——著

目錄

推薦序

幹拎老師咧

陳茻

這篇序能出現在這，是我自己要來的。看完這故事之後，實在有太多話想說。接下來的內容，可能會略略寫到一點劇情，有輕微的雷，諸君斟酌參看。

我知道朱宥勳這個名字的時間遠比實際認識這人的時間還長。高中的時候，曾經讀過他的作品，印象中是個關於藥的故事。我那時候不太能理解這種寫作風格，或者說，我高中的時候深受華國教育之害，最喜歡的書是余秋雨的《文化苦旅》，朱的小說中那對當時的我來說不知怎麼形容的晦澀筆法，我一竅不通。

直到多年以後，跟朱宥勳也認識了一段時間，一起在教改這個修羅場裡血戰多年，多少有些革命情感，不知為什麼，心底卻一直記得當初那篇關於藥的小說。記得那個小說的結局似乎頗為魔幻，那是高中時的我所不能理解的技法。其實朱宥勳懂很多我不理解的事，投入教改之後，我也常常問他一些問題，討教分析文本時採用的種種方法。

是以初拿到《湖上的鴨子都到哪裡去了》的書稿時，讀了好幾頁，心中有個想法始終揮之不去：

朱宥勳為什麼會寫出如此「人間」的小說？

我希望各位不要誤會，我不是要貶低這篇小說，說這小說沒有文學性，藝術等級不夠。事實上，讀完這篇小說時，我是以萬分激動的姿態用臉書訊息去搖晃朱宥勳的肩膀的（而那時候他正跟著林立青在萬華吃美食，大概覺得我莫名其妙）。那時我很想大叫，要不是這本書尚未出版，而我手上拿的只是出版社寄來的A4紙疊，我可能已經拿著書開起直播，或是直接衝到路上去推銷了（而那股氣勢必定讓多數人倒退三步，被勒索般掏出錢買書）。

該如何形容這故事呢？我只想到四個字：氣急攻心。

是的，這是我所能給予這小說最誠摯的評價。

當這個故事被朱宥勳攤開在我們眼前時，我心裡浮現了兩個錶，一個寫著荒謬，一個是真實。隨著故事一層一層進展開來，這兩個錶上的數值也持續暴增，荒謬的程度越高，真實感也越強。這些故事發生在一所高中，主角是一位實習老師，故事內容全都與教育有關，但卻幾乎未提到課堂風景。朱宥勳寫的是教育的後台，是學校裡各行政處室間的荒謬角力，以及種種醜陋而可笑的人性。然而，令人毛骨悚然的是，那些荒腔走板的對白與情節，卻讓人感受到無比的真實、憤怒與無力。

我只在學校待過一小段時間，坐過一個多月的教師辦公室，許多事我沒親身經歷過，但那段日子裡我所感受到的氛圍，身心所受的折磨（我用這個詞並無絲毫猶豫），像是被深埋進我的肌肉與血液中，並未消褪，隨時可以被揭起。我的身上彷彿有某些開關，只要被觸動，我就無法再是一個寬厚的人，只能任全身長滿刺，劍拔弩張地指向某個不知名的黑霧。像是要對抗什麼，但用盡全力，卻只能擊打著空氣般的存在，直到無力感讓我再次疲憊地癱軟在原地。

書裡面有句話特別觸動我：「有時候當一個老師，重點不在你多會教學生，而是，你多知道『怎麼當一個老師』。」

說這話的角色鄭老師，算是故事中不那麼醜惡的角色。很多時候，她說的話幾乎要是對的。朱宥勳在書裡不只一次提到這個觀念，由不同的人提起，屢屢強調「教學生」與「當老師」是兩件不同的事，會教學生的人，不一定適合當老師。

這句話聽著十分荒謬，但卻指出了長久以來存在教育界的巨大問題。一個人光有教學能力與教育熱忱是不夠的，還必須懂得學校裡的種種眉角。不論當初步入這一行時有多麼年輕氣盛，懷抱多少雄心壯志，都必須一點一點拿出來與現實妥協。更可笑的，這分明如此不合理的事，卻成了教育界理所當然的生存法則。如果有誰堅持自己的原則，堅持什麼偉大的教育理念，卻讓自己踏入了一個「老師」不該涉足的領域，揭了什麼不該揭的瘡疤，那就是「不懂事」，是愚昧莽撞。

那些實際上更為優秀的教學者，因著自己的一點良心與價值，很可能就此被排拒在教育界的大門之外，劣幣驅逐良幣如是。偏偏總有如鄭老師這般人，帶著那透顯著智慧的語氣，告訴年輕人有時候該忍一忍，才能延續自己的理想與責任。

是啊，忍上一忍，不要那麼多刺，不要總一副要和體制對幹的魯莽模樣，不要那麼潔身自愛。你就能得到這鐵飯碗，也才有機會繼續在教育現場接觸孩子，繼續實踐當初所謂的「理想」。

可哪有什麼理想呢？這些看似智慧的話語，看似圓融的處事態度，幾乎要是忍辱負重的姿態，其實只是一層薄薄糖衣，包裹著早已七零八落的理想，只能用以安慰那些好不容易成為老師的人：「我終於熬過來了。」

但價值與原則豈能被作為籌碼？

如鄭老師這般人，是我在教育現場時所見過多數人的樣子。孩子會敷衍老師，老師卻更擅長敷衍人生。是啊，當個好人多簡單，很多事，閉上眼就不關己了，管那麼多又是何必呢？教育圈裡充斥著大量的這類「好人」，明明做著一些沒風骨的爛事，偏偏能夠擺出人很好的樣子，好得也不虛偽，或者說那種偽善已經內化成一種能力，習慣成自然。

這些人不算大奸大惡，心中也無多大野心，無高尚情操，無理想抱負，與許多凡人一樣，只圖三餐溫飽，日子不要太艱困就好。然而，這些平庸凡俗，在教育這個圈子裡面軟爛、腐蝕，卻成了巨大的邪惡。

而這周遭都是好人的教育場啊，讓憤憤不平之人顯得突兀，顯得無知，顯得充滿暴戾之氣，幾乎就是破壞一切秩序的兇手。總之，這樣的人不適合當老師，如這故事中搬演的人生，這張飯票有人是注定拿不到了。

但誰才是適合當老師的人？

這世界告訴我們的是：老師與師道，並沒有必然的關係。

在這故事中，時常可以看到朱宥勳用他那獨特的敘事口吻，形塑一個又一個荒謬可笑的「大人」：自稱師父的學校創辦人、笑臉迎人卻滿腹算計的主任、無自主意識與原則的教官與老師。這些描述分開來看，都讓人會心一笑，我幾乎可以想像朱宥勳正輕快地敲著鍵盤，以我們所熟知的、屬於他的獨特方式，狠狠痛打這些教育毒瘤，甚至使盡渾身解術，嘲弄這些愚蠢至極的人、事、物。然而，當這些情節串聯成整篇故事，卻讓人再也笑不出來。

都是真的。不，是小說，人是假的，故事也該是虛構的，我想這樣相信。

但不需要跟作者確認，我知道這些情節或許是創造出來的，但背後指向的世界，卻張牙舞爪地真實存在著。是的，無須詢問這故事的原型，我已能清楚感受到那份壓在我骨子裡的憤怒，隱隱作痛。

沒有一件事是編造出來的。

很抱歉，這是事實的再陳述，真實世界的故事一直都比小說荒謬，而小說卻又用更細膩的方式轉述著真實。

故事的結局或許是溫馨的，我在讀的時候，一度以為會有個更殘忍的結局。然而沒有，故事結束在迎向未知的一陣笑鬧聲中，我在那一瞬間突然醒悟了，這一點微弱的暖流，似竟是朱宥勳常常嚷嚷著要回去寫小說了，卻始終無法從教改場上抽身的原因。是吧，就是為了這一絲希望，這個人只好繼續下這爛棋局。

然而，結局同時也是讓人沮喪的，許多期待畢竟是崩落了，最初的堅持看起來愚蠢可笑，被現實揶揄得體無完膚。人似乎總要在這樣的處境中才能學著長大，可笑的是真正讓孩子學會怎麼成為一個大人的那些事，沒有一件被記載在課本裡。

所以我說，作為朱宥勳的作品，這部小說過於人間，人間到讓我有些措手不及。我清楚知道，有很多更「文學」的處理方式，或者我說得白一些，有些地方我認為作者不該有那麼多的溝通誠意，該隱去的該暗示的，沒有必要說得那麼明。

然而，偏偏這部小說正是為了揭露這些黑暗而存在，若不將這些全盤托出，似乎又失去了更重要的存在意義。正如朱宥勳自言：

這一題，不能不答。

是啊，身為一個台灣的年輕（？）小說家，如教育這般主題，似乎是不能迴避的。又或者是說，身為一個在教育場上戰鬥那麼久的小說家，又豈能放過這些材料，不好好撒一把荒唐言？

這是朱宥勳的必修期末報告吧。我當時是這樣想的。

我會一直用人間這個詞來形容這小說，一部份是為了其暴寫現實之沉痛，一部份也是為了我感覺得出來，在結構與其他諸多層面上，朱宥勳捨棄了更為精緻，文學性可能更高的手法來處理，而選擇了更加貼近現實但較為零散瑣碎的安排。這點讓我想起了某些修行者的故事中，得道者在成佛的那一瞬間轉身，回到人間，永遠停留在次於佛的菩薩位階，只為了再度些人，再化解一些苦難。

佛似乎太過遙遠了，菩薩才能聞聲救苦，才能貫徹對世間的關愛與憐憫。

我不知道這篇小說對朱宥勳來說，是否或多或少帶點與自己和解的意味。總之，這故事我很喜歡，我必須再說一次，氣急攻心，確實氣急攻心。一口氣看完書，宛如在短短幾小時內和很多老師輪流吵架般折騰。有時有點羨慕故事中的主角何博思，終於有那麼一個機會，揮出那早就想過上萬遍的拳頭。

這本小說，也是朱宥勳揮出的一記拳頭。拳打人間沒骨頭的庸才，枉自為人師，盡幹些骯髒窩囊事，卻一年一年葬送著無辜孩子們的青春。思及此，多少有些酣暢痛快之感，我也便毛遂自薦，樂於以此序助助拳。

幹拎老師咧，打得好。

湖上的鴨子都到哪裡去了

0　畢業季

找到我們之後，刑警把我們帶進小房間裡，一次一個。

那是輔導室隔壁的小房間，在整棟好好的逸仙樓一樓。畢業典禮之後已經好幾天了，據說先是來了軍隊、消防隊，再來才是警察跟工人，說有多慘就有多慘。平常很機八的主任教官站在一片混亂的現場旁邊，水藍色的空軍制服被塵土搞到像是海軍來的，一個一個核對姓名——家長帶回的，送去醫院的，不必再送去醫院的。核對到最後，他們發現有四個名字不見了，分別是一年級的周鈞翔、陳明發；二年級的王曉惠；三年級的李佩寧。本來應該要在「一〇七學年度林尾高中畢業典禮」上出席的這四個人，一點痕跡都沒留下，也沒有任何目擊者。

他們找了好幾個小時，所有人都找瘋了。根據鑑識專家的說法，那種情況是不可能有任何人憑空消失的。

原因很簡單，我們根本就沒去啊。

而他們還把我們一個個叫進輔導室的小房間裡，問我們為什麼不在那裡。

我們也很想知道啊。

不過也幸好我們沒有待在那裡。至少不用等挖土機來接我們。

現在，我們全都躲回B team共同的窩，只有幾絲小縫會透進一點光、一點空氣。我們每一個人，都熱到衣服全濕了。但我們沒有要離開的意思，因為這裡不會有人找到的，學校老師找不到，校長主任找不到，那個隔壁派出所的刑警當然更找不到。如果說有誰會知道我們在這裡，那一定是Boss了。

我們從來沒有自己告訴過他，但他知道我們每一個人的窩。

他會不會也有一個沒告訴我們的窩呢？

這裡真的很臭，但是非常安全。

我們在這裡默默地滑著手機，聽到不遠處挖土機的聲音，以及從總務處ㄎㄧㄤ來的電風扇運轉聲。

我們都沒說實話。那天，我們全都在這裡。

事情發生的瞬間，我們什麼都看到了。所以，我們說好了不說實話。

「你們看到了嗎？」

微光中有人發問。

「嗯。」

大家的手機螢幕上都亮著同一則新聞。

——日前，林尾高中大禮堂陷落案，造成數十名學生死亡、上百名學生和家長受傷的意外，經警方追查後，發現案情可能並不單純。消息來源指出，警方現在正鎖定數名教職員工進行追查，這疑似是一場因為金錢糾紛與人謀不臧，而衍生的工程悲劇……

「憑什麼每次都是我們等Boss來救？」

不知是誰開口這麼說。他說得沒錯。

現在，唯一能救Boss的，只剩下我們了。

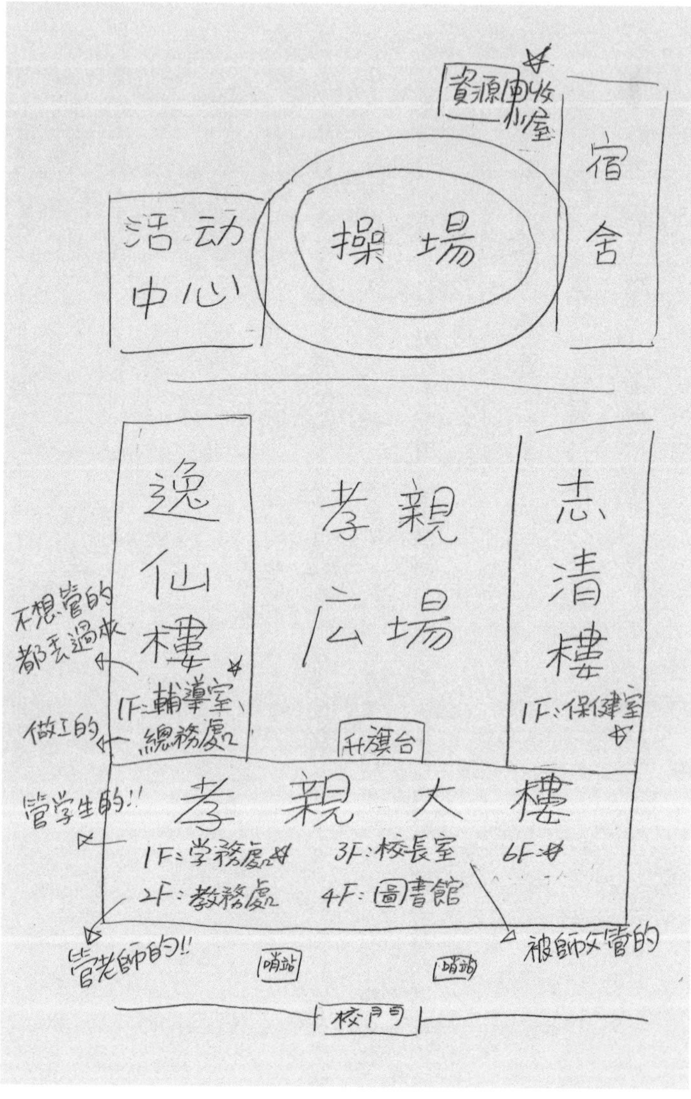

B team某成員的筆記

1 轉學生

沒想到這個年紀了還能轉學。

何博思站在林尾高中門口，腦中突然浮起這句話。

說到轉學，他可是經驗豐富。但這次還真的不能怪給誰，畢竟他已經不再是沒有選擇的學生身分了。

林尾高中的校門很傳統，甚至可以說是有一點低調。一眼望過去，就是一般的紅磚水泥大樓，要稍微花點力氣，才能找到鑲在大樓頂端的校徽。校徽掛得很高，卻是一個暗紅色的、線條繁複的古鐘花樣，又內嵌了「林尾」兩個筆畫略多的隸書字。紅上加紅，就是瞇著眼睛細看，也只能看見一團亂線。何博思好不容易看清楚之後，腦中不可抑止地播放起了《論語》的句子：「天下之無道也久矣，天將以夫子為木鐸。」

何博思在心底對自己翻了翻白眼。

還好實習老師不用面試。不然自己就要在校董還是誰的面前，裝模作樣地朗聲吟誦上面這句話了。然後對方就會露出「你懂我的苦心」、「這個年輕人不錯」的欣慰表情，把整個房間搞成惺惺相惜的噁心場景。

扣掉校徽，整個牆面上最清楚的字樣，是二樓外牆的四個橫字：「孝親大樓」。每個字都跟校徽一樣大，而且是亮眼的金字，彷彿這才是真正的校名。如果不是Google地圖一路指過來，何博思還真不能確定，這就是他即將實習半年的林尾高中。

聳聳肩，何博思把手機收進口袋，跨步走入橫開了一道入口的鐵柵門。

「砰！」

忽然一聲混合了金屬和鈍物碰撞的巨響。他沒有任何心理準備，嚇得倒彈出校門外。

什麼聲音？

時值寒假，大多數的學生都不在學校。即使在校門外，也可以感受到大樓之間幾乎沒有人在活動的跡象。剛才短促的巨響，彷彿是幻覺一樣。

何博思皺皺眉，歪身探進校門看了一眼。

這一看，差點讓他以為連眼睛都出現幻覺了。

校門內側有兩名全副儀隊服飾的男學生，一左一右，站在陳舊卻結實的金屬台子上。這讓他們比一般人高出快兩個頭，但又沒高過兩旁的門柱，所以一開始完全看不見。何博思眼光從上到下掃了一圈，銀亮頭盔底下的，確實是略帶青澀的高中男生面容。鋼盔、白襯衫、黑長褲、金屬腰帶無一不堅挺，肩上還有繁複的繐花。兩人都一手彎曲，挾著豎直的禮槍。

再往下，也就不意外地看到爍亮的皮鞋。

剛才的聲音，是鞋後跟碰撞出來的吧。

何博思再次跨入校門，同一聲「砰」又響起。兩名儀隊男孩收槍、碰鞋跟，在頸部不轉的前提下，眼神始終向著他，對他行了注目禮。如此隆重的行禮，在高中校園裡可不多見，至少上一個學校沒有。

何博思心底暗笑，起了玩心。他往前走了兩步，差不多到他們視線死角時，突然頓住，回頭瞄了一眼。只見他們眼角斜到極限，還是努力忠於職務，視線緊緊追隨何博思。何博思從他們的眼神中看出一絲「拜託趕快走過去吧」的焦急，抑住偷笑，倏然後退幾個跨步，又出到校門外了。

儀隊男孩眼神隨之急轉，但身軀已經穩不住了，重心輕輕晃了一下。這時何博思又踩著跳舞般的步伐，閃進校門內。

「砰！砰！」

岔開啦。本來整齊劃一的敬禮，應該只有一聲的。左邊那個男孩慢了半拍。

何博思送了一個調侃的眼神過去，正好與他對上眼。他黝黑的臉龐有點惱怒，顯示了無聲的唇形。

幹，北七喔。

何博思終於輕聲笑出來了。

接著他頭也不回走進「孝親大樓」的中庭，心裡卻嘆了口氣。

在這學校的日子大概很難好過了。

*

何博思當然不是第一次看見高中生儀隊。事實上，他剛離開不久的那間學校，正是一個常在全國樂儀隊比賽拿獎的名校。然而，一般學校的儀隊通常只會在節日慶典裡出現，而且一出就是一整隊，在操場上展開方陣表演。這樣孤伶伶派兩個傻小孩當門神嚇人，他還是第一次見到。

經歷過上學期的鬧劇之後，何博思算是摸透「學校」是個什麼樣的地方了。也許是摸得太通透了一點，到達了有害健康的程度。從老師、到組長、主任乃至校長，他們每往上升一級，就好像進入另一個演化階段，從心靈到肉體都會產生不可逆的改變。最初，像何博思這樣的實習老師，多少還像是個正常人類的。然而浸淫日久後，他們似乎都會成為一個特殊的人類品系，產生一些外人看來頗為古怪的執念——通常特別表現為並無美感的美感：頭髮要多長、制服要怎麼穿、走廊應該掃成什麼樣子，或公布欄要如何對稱。更糟的是，他們常常不知道自己執著的是古怪的美感，而以為自己在捍衛道德。

何博思看不出自己有倖免於此的可能性。他唯一能證明自己還沒演化成他們的方式，就只有在心底嘲笑這些人。

不知道林尾高中會讓自己變成什麼樣子。

——這麼清純的新鮮人的念頭，又讓他對自己翻了一次白眼。

在他邁向二樓的教務處途中，念頭已經轉了一圈：還要過一個禮拜才開學，整個學校，除了行政人員以外，應該都還在放假才是。就算私校比較鐵血，整個高三都被留校好了——也許是藏在第二進的另一層大樓——，這也不能算是一般的「學期」範圍內吧。如果說在門口放兩個傻小孩是本校規矩，那一般也是學期中才會百分之百執行。畢竟現在整間學校只剩不到三分之一的活人，這架子是要擺給誰看？現在還是早上七點二十分，校門已經沒有其他師生出入了，但何博思回頭望，他們倆還是站得跟真的一樣，好像剛剛被戲弄的幾秒不曾發生。

所以，這是一間就算沒幾個人要進出校門，也要把崗哨擺起來的學校。

而他第一次踏入校門，就被敬了三次禮，只有一次沒有敬到最高定位。這代表，學生不是認臉的，而是對所有不像學生的人，所有沒穿制服的人，都這麼做。

這紀律。

以夫子為木鐸。

「孝親大樓」。

要命了。

走到教務處門口的時候，這幾個句子已經在何博思的腦袋裡撞來撞去，撞到幾乎開始頭痛了。

頭痛還是得上工。他側手敲了敲敞開的門，然後用自己能夠發出的、最懂師生分際的腔調開口：

「您好。」

辦公室裡，稀稀落落的三兩人抬頭。

「我是……今天要來報到的實習老師。我叫何博思，我跟教學組張組長有約。」

就在自己的名字出口的瞬間，他感到整間教務處的空間收緊了一下。其實沒有具體發生什麼，誰也沒有說話，甚至也沒有多眨一個眼或多吸一口氣，但何博思就是感受得到：見鬼，他們已經知道了。他們通通聊過這件事了。教學組傳給教務處，教務處傳給各班導師，然後就是上到校董下到工友。光是謠言本身，就有十足的傳染病潛力了，快速、確實，要命的紀律性，更何況有一部分並非謠言。

但沒得逃了，這是第二個學期了。他騙母親，說實習本來就是要走一年的，大聲說是自己一開始搞錯了。母親不可能反駁他，因為她自己只念到初中畢業，厭惡念書的她最初很高興此生再也不必碰書，卻因為學歷太低，幾十年都拿整個公司最低的薪水。那還是個不太賺錢的文具貿易公司，她覺得每個客戶都是讀書人，每天都自卑得猶如一個真正的文盲。何博思考上歷史系的那年，她卻開心得像是那些法律系的家長一樣，那一陣子每個公司客戶都知道：總機阿姨的兒子以後要當一個歷史老師了。

在父親不告而別之後，何博思第一次看到母親這麼開心。

十幾年前確實是這樣的，那時的實習確實是要走一年。他在心裡默念著，彷彿這樣可以稍減說謊的刺痛感。比起說謊，他更不想看到母親失望的表情。而母親聽到之後，也只是無可如何地叮囑了幾句：「噢。你在學校要認真一點，以後才好找工作。」他不確定母親是真的上當了，或只是意識到，索性上當或許對兩人都好。

「何老師嗎？請到這邊來坐。」

一個矮胖的女孩子走過來。她誇張地躬了躬身，擺出了「請跟我來」的手勢，手上被捏扁的麥香紅茶因而晃了幾晃。她用一種與辦公室氣氛毫不相稱的愉悅腳步，把何博思引到了更內層的主任辦公室。雖然只是教務主任的辦公室，但尺寸硬是跟上間學校的校長室一樣大。不但有整套辦公桌，兩側都是擺滿了獎盃和卷宗夾的玻璃櫃。女孩再度晃動麥香紅茶，要他在會客沙發上坐一下。接著，連聲招呼也沒打，她就蹦退出去了，腳步輕盈得像在自家房間裡穿梭。

沒多久，一個男人氣喘吁吁地闖了進來。他比何博思略矮，寬度和厚度卻整整大了一號。一見到人，他便滿面笑容，用一種精力充沛的嗓音道：「歡迎歡迎！敝姓張。」

何博思與他握了手：「您好，我是這學期……」

「我知道！何博思何老師嘛！這名字好啊，邊教邊念個博士，前途無量啊！」說完，自顧自大笑了幾聲。

何博思人再孤僻，也知道這時候要陪著笑。對方自我介紹是教學組的張組長。沒說幾句話，張組長就把他領出主任辦公室，指了教務處邊上的一張空白的辦公桌：「這是你的座位，正面靠窗，採光充足，山海景觀第一排！不過咧，要這麼好的座位，就要肩負一項特殊任務。」說著努努嘴：「右邊那個樓梯，看到沒有，上去就是校長室。這一學期，『把風』的重責大任就交給你啦！」

這倒有點意思。也許林尾高中沒有他以為的那麼悶也說不定。

這麼一想，何博思笑起來也就沒有那麼困難了。他立刻換上了一副呼應張組長的活潑聲調：

「遵命！」

「你不錯嘛！」張組長似乎很滿意：「各處室協調過了，這學期很簡單，你就一個地方待一個半月。先從教務處開始，然後是輔導、學務。開學這一段呢，有些轉學轉組之類的事；期末則是各種活動多，就請你多多幫忙啦。學校的事呢，待幾個禮拜，大概也就那些，你高材生嘛，很快就會習慣了。」

「別這麼說，我要學的還很多。」

「來了就是同事，有事你就找我！」

「太好了，謝謝您。」

張組長帶他在校園各處晃晃，路上遇到哪個老師，就停下來寒暄介紹。林尾高中地形不算複雜，穿過正面的「孝親大樓」後，就是一座升旗台和集合場。集合場由三棟大樓組成的ㄇ字形建築圍起來，孝親大樓就是ㄇ字的橫槓，一樓的學務處、二樓的教務處、三樓的校長室，以及再往上的圖書室，組成了最主要的行政中心。升旗台緊靠孝親大樓，看出去左側是高一、高二的「逸仙樓」，右側則是高三和藝能科教室的「志清樓」，中間圍起來的升旗區域就是「孝親廣場」。

就在這三棟樓裡塞了林尾高中將近兩千名學生，因此大樓都蓋得很高。他隨著張組長從ㄇ字的缺口走出去，是一片更大的主操場。操場盡頭的右邊是垃圾場與住校生的宿舍，左邊卻有一座正在蓋的工地。

「那是新的活動中心，以後會有游泳池和禮堂……啊，」張組長低呼一聲，湊近何博思：「等一下要叫人，叫『師父』知道嗎？」

「師父？」

「跟著叫就對了。」

張組長和他迎向前。一位阿姨推著一尊載著一團臃腫老人的輪椅，沿著操場的邊緣不急不緩地滾動著。兩人的頭上都頂著黃色的工地安全帽，看來正在視察工地。那尊輪椅的避震系統看起來十分良好，讓何博思不禁好奇：若把那團老人塞到工地手推車裡，抖動的光景不知會可觀到什麼地步。張組長箭步上前，對著那團可能很可觀的身軀鞠了一個躬：「師父好。這位是這個學期來我們學校實習的何博思，何老師。」

何博思自然不能怠慢，也一鞠躬：「師父好。」

「嗯……」一聲濃重的痰聲，「師父」接著發出何博思不知來處的、更濃重的鄉音：

「何老師。教什麼的呀？」

「我教歷史。在大學裡也有別的學分，可以支援公民科……或者國文科。」照理說，跨科亂教是違法的。但何博思打聽過了，所有私校都特別歡迎願意跨科的工具人。

「歷史，不錯呀。教歷史好！你知不知道，教歷史最重要的是什麼？」

「是……」何博思不敢沉吟太久：「我才疏學淺，還請師父指教。」

那團老人嘴角一咧：「我告訴你！好的歷史老師，就是要教學生忠孝節義，教他們愛國愛人。我活這麼大一把年紀，看過的學生多了，雖然沒念過歷史系，但我懂歷史，我就是活的歷史！你這年輕人不錯，知道謙虛。書本也是記載道理的，道理通就都通了。」

說著，老人一揚手，旁邊的阿姨就塞了本小冊子到何博思手中。何博思低頭一瞥，封面用粗大的隸書體寫著「師父嘉言錄」，底下浮印著校徽上的那口鐘。

以夫子為木鐸。

「還有幾天開學，你鑽研鑽研。每個學生都是我的好徒兒，你要好好教，不要讓我失望。」

「師父說的是。」張組長迅即接過話頭，同時瞄了何博思一眼。

「是，我會用心學習的。」

何博思沒有閃避那雙昏濁的眼睛。他當然不會在這時候，跟那一團臃腫的老人說實話。他來這裡，就是要學著如何說謊的。那雙眼睛像是老得睜不開了，卻又頑強地瞪著。不是瞪著誰，而是那種覺得自己只要一個眼神，就可以讓所有人聽命的氣勢。那種氣勢幾乎可以逆轉時間，如果歷史的天使闖進了這個老人的世界，他也會乘著輪椅輾過去吧。

所以有忠孝節義。所以有孝親大樓。所以有寒假的儀隊崗哨。

「師父，那我們先告退……」

推著輪椅的阿姨附耳跟師父說了幾句話。即便彎下身來，她的套裝還是一絲不苟的。

「噯呀？」師父驟然發聲：「你是那個，何博思？」

「是，我是。」

「寒假才要來的那個何博思？」

「今天是我第一天報到，師父。」

事情突如其來，何博思甚至來不及感到害怕。

師父好像笑了一聲，何博思不確定裡頭有沒有其他意思。

「這麼說來你很有經驗了。一回生，二回熟，嗳？」

*

老實說，就算再給何博思第二次機會，他還是會搞砸自己的第一次實習的。師父說得沒錯，何博思在當實習老師這件事上，確實是二回熟了。按照規定，像他這樣的師培生，會在大學畢業後，自己選一個學校擔任實習老師。法律雖然沒有強制規定，但原則上所有人都是「上學期」進校實習的。八月進、一月出，是眾多沒有必要但大家都遵守的暗規之一。

因此，光是何博思這樣，在寒假的二月前來報到，本身就是古怪的。

如果一切順利，今年一月，何博思就應該從上學期實習的仁光中學拿到一份成績，然後用那份成績回頭申請教育學程的結業證書。但沒有，何博思「轉學」回到老家的林尾高中來了。

去年十一月，他輪值到輔導室。那是一個奇怪的午後，整個輔導室剛好就只剩他一個。

一名女學生進來，眼睛浮腫，神色驚懼。他本來想等有經驗的輔導老師回來再處理，沒想到學生吐出了一個男性的名字。是輔導主任。

他腦袋瞬間當機。

依照規定——這次不是暗規了——，任何一個處在他這個狀況中的老師，要在二十四小時之內進行校安通報。通報校長、進行調查、並且將受害學生轉送輔導室諮商。送到那個年紀比他大一倍，剛剛從女學生口中吐出來的名字手上。

他多希望自己聽錯，但那個女孩看起來已經用盡全身力量，才好不容易把這個名字說出來。

他把手伸向內線電話。至少得往上通報。

學生一看他的動作，立刻驚跳起來。

「老師對、對不起……我記錯了，沒有，沒有，老師你不要跟主任說……」

邊說邊驚慌地往門外退。

何博思這才明白，她是鼓起勇氣，故意挑了主任不在的時間來的。但他的動作讓她誤會了。

「同學，沒事，」何博思說，他突然不再遲疑了，一股不知從何而來的決心，讓他甚至有力氣把聲音放柔：「妳很勇敢，說出來是對的。我現在是要聯絡校長，還有保健室。我們待會兒一起到醫院驗傷。沒事，大家都會幫妳的。」

當時畢竟什麼也不懂，還不知道自己許下了根本不可能的承諾。

大家確實都幫忙了。

只是幫了另外一邊。

仔細想想，這很合理——學生只在這裡待三年，主任卻在這裡待了大半輩子呀。說起來，學生才是局外人吧，哪裡是學校這個大家庭的一分子呢。

實習老師算師長還是算學生呢？

分數在別人手上，應該還是比較像學生吧。

但是，何博思顯然無法沐浴在師長們的親情中，最後拿到了一行「不服團隊紀律、行為有損師道」的評語。他暗示自己會上PTT、上《蘋果日報》爆料，但他也知道，師長們之所以先毀掉他的實習成績，就是為了可以在任何需要的時候，指控他挾怨報復。

這個案件，最終沒有正式鬧上檯面。

他們說這叫作偵查不公開。這叫作性平事件的保密義務。

何博思不知道林尾高中有多少人聽說了這件事。照理說調查是不公開的，但照理說整個教育界也沒有不公開的事情。

何博思沒想到自己的勇氣這麼有限。

女學生傳了LINE給他：

Gi Kuo：老師對不起，我真的記錯了。

這次沒有結巴了。

他當然也不會去問，是誰把自己的手機號碼給了這個他根本沒教過、也不認識的女學生。

那個對話群組就一句話，他一直都用「釘選」的功能，把它鎖在LINE頁面上的第一列。

何博思沒有刪掉，但那之後也沒有再打開了。他現在的目標只剩下一個。

只要通過實習、通過教檢、通過教甄，就三關，他就可以成為正式老師了。真正成為「師長」的一部分，此後他的位置就安全了。正式教師就不用被打成績了，就不會因為幾行評語而毀掉什麼了。那時候，他就可以想說什麼就說什麼，想做什麼就做什麼，趕不走輔導主任的制度，也沒辦法把他趕走。

何博思說服自己：這樣可以不讓母親失望，而且可以讓這個世界變好一點。至少待在那個位置上的會是自己。

他不會是那種老師。

他在新的座位上，慢吞吞地摸索著。他從背包的夾層裡掏出了一隻粉藍色帶米色斑點的蝸牛布偶，靠牆擺著。接著，他把筆電展開，把延長線拉好，預留一塊堆疊卷宗的位置，盡量讓每個抽屜、每吋桌面，都沾上自己的氣味。一回生，二回熟，這是他的第三張辦公桌了。張組長說得沒錯，這片窗景確實好。從孝親大樓往ㄇ字開口，一直到操場，視野完全沒有阻隔。海在他看不見的後方，這座小城市獨有的山景則在他前方延伸著，最終延伸成這個國家的脊椎，撐住每年例行侵襲的颱風季。

深呼吸。

隨著漸漸平穩下來的呼吸聲，何博思雖然睜著眼，卻彷彿睡著了一樣。確實，現在距離他今早掙脫出來的那個夢，也不過幾個小時的時間。他本來以為自己忘記夢的內容了，沒想到此刻通通又在腦中無聲的搬演了起來。他感到一種非得說點什麼的壓力，然而那個夢是不能向任何人說的。

於是他伏身向筆電，鍵入了一組帳號密碼。螢幕瞬間暗成一片黑底白字的版面，那是在他大學時期十分繁盛、現在幾乎已成為網路廢墟的一處BBS站。他按下ctrl+P，並且帶著某種莫名的臆測，寫下了「第一夢」這個標題。這時的教務處安靜得恰如其分。

*

何博思是年後才來報到的，沒過多久就要準備開學了。這段期間內，除了整理一些文件之外，並沒有太多事情要做。就像許多私校一樣，整屆高三都跟行政人員一起，大年初五就被召回來開工。但比起真正的學期，行政工作還是輕上不少。而他被安排的教學導師鄭老師帶的是高一班，開學前就更沒他的事了。

待了幾日，何博思也就習慣林尾高中的生活了。每天騎車三、四十分鐘來上班，進到教務處，主要面對的也就是主任、三位組長和一位幹事阿姨而已。

張組長人確實不錯，跟大家都能說說幾句笑話。要讓何博思來形容，大概就是比較年輕的榕樹下阿伯吧。作為最有可能知道內情的人，也看不出他對何博思的「轉學」有什麼芥蒂。有時候何博思甚至懷疑，張組長雖不能明說，心裡卻很可能是站在自己這邊的，才有那麼一點加意照顧的意思。教務處的氣氛隨著開學時間的迫近而越來越緊繃，有張組長沒事喇兩句，讓何博思初到的焦慮感消散了不少。

忙到一個段落，鐘聲響了起來。他瞄了一眼手機，10:47，距離打鐘的時間，應該還有十三分鐘。

是手機怪怪的還是鐘聲怪怪的？

一邊想，手上的工作還是不緊不慢地進行著。左邊一落疊到額頭高的教學計畫表，紙質略舊，但還是乾挺無紋，看來是沒有人翻過。他每次機械性地抽個三、五張，對準打孔機一按，然後換到右邊。這時候，兩邊的紙堆已經差不多高了。

「哎唷，這麼精實唷？」

張組長的聲音和他友善的圓臉一起從窗外晃進來。

「組長好！」

「叫什麼組長？」張組長突然正色：「不是說了嗎？要叫『師父』！」

「欸？……師父……？」

看到何博思困惑的表情，張組長似乎樂了。他吊起嗓子，換上一副何博思第一天就聽過的詭異鄉音：「徒兒啊，好的行政，就是要天天打孔，努力護貝兒。這裁紙刀裡面，有大慈悲，有大愛呀——」

整個教務處都笑了，連主任都斂了斂嘴角。

「叫你帶新人，你教他這些亂七八糟的。」

「不會不會，張組長教我很多。」

張組長當然是在模仿正牌的「師父」。過了好一陣子，何博思才終於搞清楚：原來那天在工地視察的「師父」，是年過八十的前校長，也是這間學校的創辦人兼董事長。就在前兩年，他才因為健康因素，將校長室傳給了現任那位拘謹斯文的賀校長，自己則再往上搬一層樓。他退而不休，幾乎每天都在學校裡巡視。雖然還沒開學，但何博思已經看過幾份會議記錄，第一項都是「師父的訓勉」，有幾次會議甚至大半都是師父在說話。

師父這個稱呼是師父的堅持，師父則喚大家「徒兒」或「愛徒」。

「是因為師父很喜歡武俠小說嗎？」

「有創意，但叉叉。因為他學佛啦。」

何博思噗哧笑了出來。

張組長乜了他一眼：「怎樣，那麼法相莊嚴，看不出來喔？」

「不敢不敢，我只是想，如果是因為學佛，」何博思大起膽子，雙手合十：「那應該叫方丈啊。」

「有道理，列入期初教務會報好了。就你報。」

「師父您大人大量——」

笑歸笑，何博思心裡已有幾分底了。雖然張組長已經帶他到各處室打過招呼，但就算是面對賀校長，張組長也沒有像在師父面前那麼畢恭畢敬。這間學校誰才是真正的老大，已經很清楚了。幸好，在這邊的幾日以來，倒也沒怎麼遇到師父，壓力不算太大。畢竟要靠那尊輪椅，再怎麼緊迫盯人也有個極限吧。

只是在稱呼上蠢一點，沒什麼大不了的。

一學期很快就會過去了。

就在他終於搞定整疊教學計畫表，並且依年份通通歸檔的那天，已是開學日了。他早早就到了學校，開門、開窗、澆完花，獨自坐在還沒有人的教務處發呆。雖然已是第二次實習，但想到「開學」這兩個字，竟然還是有一種新階段即將開始的期待感。他冷冷地嘲笑自己：期待什麼？簡直有病。可是另外一半的自己卻想起在大學裡上「班級經營」的時候。教授說了好幾次：開學那一天是最關鍵的，就算是再惡劣的學生，多少也會期待，從今天起，也許我可以變成一個被老師喜愛的乖孩子……

「你、是、誰？」

一個男聲響起，粗直地扯著嗓子。

何博思望向聲響處，教務處門口站著一個穿著林尾高中制服，但身量只比小學生高一點的男生。

「你、是、誰？」

男孩重複，聲音有一點敵意、一點不耐煩。

他的眼睛不自然地紅腫著，表情完全野放，透著一股無法控制的粗魯。他的眼角和嘴角都有幾涎水絲。任何人一眼都能從這張臉上，認出他跟「我們」的差別。但仔細端詳起來，又說不出到底是哪裡不對勁。

何博思再菜也看得出來，這是一個「不太一樣」的孩子。

腦性麻痺？發展遲緩？小兒麻痺？他突然有點後悔，在學校裡沒好好念特教導論。

「哈囉，我是實習老師，何老師。那你是？」

「實習、老師？……」

「對。我叫作何博思。」

「我、認識、實習老師。你不是、實習老師。」

「我是啊，我是這學期的實習老師。」何博思心裡一刺：「你願意告訴我，你叫什麼名字嗎？」

男孩皺起眉，嘴裡小聲咕噥著，似乎在考慮要不要相信他。

無論如何，友善一點不會錯吧？

何博思對他躬了躬身子，讓眼神之間的高低差盡量小一些，直視著對方，然後微笑伸出手。男孩的遲疑被小小的驚慌沖淡了一些，很快就下定了決心。他也伸出手，跟何博思一握。接著吐出了進門以來最流利的一句話：

「我是發哥！」

「嗨，發哥。來教務處找哪位老師嗎？」

「我找、主任！」

「喔？主任可能要晚一點喔，你找他有什麼事？」

何博思開始覺得有點可愛了，臉上很自然地浮起了微笑。

發哥深吸了一口氣，用一種意氣風發的口吻說：

「我是來出公差的！」

作者	BoThink (BT)	看板	shen-ru
標題	[第一夢]		
時間	Feb 8 10:47:23 2019		

那時我坐在角落 隔著兩三步遠
GK和主任對坐著 他們都沒有看我

主任把布偶推向GK
「說吧」他開口
語氣很溫柔 但我嚇出了冷汗
我不該在這裡的
這是諮商小間 粉黃色的沙發 粉黃色的窗簾
黃色的布偶熊 我不該在這裡

他們談話了起來
GK說起了她的前男友
「說吧」主任繼續溫柔
GK就哭了 說得更多
那些我都不應該聽到的
但他們好像沒有看到我

我慌張地尋找門 但這個諮商小間沒有門
我應該跳窗嗎？ 這裡可是三樓
回頭看他們 他們繼續諮商
GK的眼淚讓熊頭都變暗了

我想去跟他們說對不起 但這樣就會被發現
我在偷聽了

此時主任突然轉頭看我：
「博思，是你也會這麼做的，對吧？」

--
※ 發信站: 批踢踢兔(ptt2.cc), 來自: 29.352.264.180

2 發哥

發哥始終覺得鼓掌是很困難的事情，他曾經花非常久的時間來練習。

高一入學第一天，舅舅早早載他到了林尾高中校門口。糾察隊都還沒布好哨，校舍看起來還沒從暑假的昏熱中醒過來。舅舅跨在機車上，默默看著他下車。他笨拙地把自己的衣服和書包肩帶扯平，把皮帶扣正。差不多一切底定之後，舅舅才像突然想起似的，從藍襯衫的口袋裡，掏給他一張皺皺的百元鈔票。

「這是吃飯的，知道嗎？」

發哥點點頭。他十六歲，已經學會很多事情了。比如說長得像學校的地方，就有福利社。有福利社，就會有吃的。但能買吃的，就代表自己身上有錢。所以最重要的事情是，吃東西買東西，要偷偷的，盡量不要讓別人看到。不然錢很可能會變成別人的。

舅舅很快就騎走了。照顧外甥不是他生活中唯一重要的事，而是別無選擇的事。每天這張皺皺的百元鈔票，是代替他一走了之的妹妹給的。沒辦法，誰叫他自己手腳慢了，拋棄責任這種事，總是先搶先贏的。

一般人沒辦法從發哥的表情看出他的情緒；還算幸運的是，其實也沒什麼人在乎。他大概只有一百五十公分高，五短身材讓他在國中時被取了個「鑫鑫腸」的綽號。一開始他並不討厭，也跟大家一起笑。但後來大家喊他的語氣和眼神，讓他漸漸從笑不出來，轉成委屈，最後才是憤怒。他過了很久，才明白這個外號針對的不只是身材。然而從他國中同學的視角看來，他們只覺得「陳明發突然發神經開始鬼吼鬼叫」。所有人一起在導師面前對質時，發哥感覺到自己的怒氣鬱結在鼻子後面一點的地方，他必須要非常非常用力，用整顆頭的所有肌肉壓制它，才能不當場尖叫出聲。因此，他一句話也說不出來。

問不出個所以然來的導師最後裁決：

「都是好同學，來，握個手就沒事了。」

大概是壓制得太用力了，發哥的眼淚和鼻水都一齊滲了出來。但他記得大人說過的，跟人握手是禮貌：手要乾淨，右手對右手。所以他忍著一片濕靡的臉，努力地伸出手跟對方握了握，然後才抽抽答答地，穿過下課時間人群紛鬧的走廊。他走得和哭得一樣專心，所以沒有注意到一路上大家都嫌惡地避開了他。

「鑫鑫腸流油了啦！」

突然背後一聲響。接著四面八方炸開了笑聲和掌聲。

不過，今天開始，他就是林尾高中的學生了。這是他選的，因為他最討厭的幾個人，都去念了別的學校。這裡沒有人認識他，就不會再有人叫他難聽的綽號了。

發哥坐在教室裡，努力讓自己看起來跟大家一樣正常。黑板和桌椅都有一點舊，新同學陸續進來，挑挑揀揀也沒什麼特別好的位子。發哥慶幸自己到得早，還可以選到一張桌腳平穩的。他先是靠著椅背坐正，後來覺得怪，就往前挪了幾公分。手也不知道該放膝蓋上好，還是放桌面上好。旁邊有同學已經百無聊賴地趴下，他有點心動，然而稍微一傾身卻又遲疑了，這好像不是一個正常有禮貌的好姿勢。

還沒拿定主意，柱子上的擴音器就響起了：「請全體一年級新生到孝親廣場集合——」

一片混亂中，發哥跟所有人一起糊裡糊塗地湧進了廣場。幾個教官在隊伍裡面穿梭吆喝，他努力從中分辨自己所屬的「一年丙班」，再想盡辦法擠過去。

「嗶——」

尖銳的哨音響起，升旗台中央的教官開口：

「各班就位，立正！」

發哥這才看清楚，台上這個帶頭的教官穿的不是常見的綠色制服，而是水藍色的。

「都說立正了還動，聽不懂國語啊！」

不多久，隊伍慢慢平靜下來。另一個滿臉笑容的叔叔踱上升旗台，跟嚴肅緊繃的水藍色教官完全相反。發哥覺得有點好笑，不小心咧了嘴。一驚，立刻又把表情收起來。

「所有同學，記住你們現在的站位。往後啊，每週的朝會、臨時的集合，各班都是這個隊形。各位你們升上了高中，不再是小孩子了，要學會嚴肅，認真，紀律。林尾高中的學生，出去了個個都守紀律，啊，就像師父說的，才能被社會接納。主任教官在這邊啊，也不說太多。要把麥克風交給學務主任。大家鼓掌歡迎！」

這個發哥懂。他熱烈地跟著大家鼓掌，敲出一片嗶嗶嗶的清脆聲響。

「停！」水藍色教官露出了一個啼笑皆非的表情：「主任，不好意思，這個忘了。」

學務主任笑著擺了擺手。

水藍色教官於是又轉回來說了一段：「各位啊，今天起是林尾高中的學生。你的一言一行，要有林高的氣質！我們林高呢，鼓掌也是有傳統、有文化的，是嚴肅、認真、紀律的鼓掌。當台上的長官說『大家鼓掌歡迎』，我們就鼓掌九下，不多不少。為什麼呢，因為師父說過，九是代表『天』的數字，最多就是九了，不可以大過這個規矩。現在開始，跟著教官做一次。來，一二三四五六七八九，預備，『大家鼓掌歡迎』——」

啪啪啪啪啪啪啪啪啪……

「還有一點亂，我們再練習一次。『大家鼓掌歡迎』——」

啪啪啪啪啪啪啪啪——

「好多了，各位同學悟性很高。再一次——」

啪啪啪啪啪啪啪啪啪。

啪……

多出的那聲是發哥打的。除此之外，大家似乎都掌握到竅門了。

他其實也是打九下，但不知為什麼，他的第九下總是落在別人後面。

水藍色教官看向一年丙班的方向，皺了皺眉。

「我們再一次，大家陪著同學一起練習。」

啪啪啪啪啪啪啪啪啪。

啪……

交織的嗶嗶聲不見了，聽起來變成另外一種分明而巨大的清脆。但在大家安靜下來後，發哥一個人弱小的掌聲，卻又大得全場都一清二楚。

「一年丙班的同學，專心一點，不然待會兒留下來加強啊！」

發哥又開始感受到有什麼鬱結在鼻子後面一點的地方。不是生氣，但也不是說沒有生氣。是感覺更難纏、更難受的一股東西。他的臉扭成一團，水氣隨時都要漫出來。教官知道是一年丙班了。大家都知道是我了。今天是開學第一天。我又要不正常了。為什麼又變成這樣子了。他們是不是又要叫我鑫鑫腸了。

「來，『大家鼓掌歡迎』──」

啪啪啪啪啪啪啪啪。

啪啪啪……

終於，距離一年丙班最近的另一位教官大步傾襲而來，像一陣浪一樣捲走了全班最矮、因此也站在最前排的發哥。

＊

那個滿面笑容的學務主任一開始並沒有認出陳明發來。林尾高中每週二、週四各有一次朝會，這意味著，每個禮拜至少會有兩天，陳明發會因為在鼓掌時放炮而被教官帶回來加強訓練。他會被帶到學務處和教官室共用的小房間裡——如果有什麼不太好看的事情，通常就在這裡處理——，獨自對著牆壁練習鼓掌，直到第一堂課的鐘聲響起。

練習的效果不怎麼樣，不過這樣至少不會打擾師父致詞時的心情，也就不會打擾到主任和教官的心情。

第一次段考前的一個週四，差不多是第二節左右吧。學務主任看到一個身著粉紅色運動服的女學生背影晃過學務處，他想也沒想就開口叫住：

「王曉惠同學，都幾點了妳還在這裡？」

「主任好！今天有沒有……」

「沒有。今天學務處沒有公差。都要段考了，快回去上課。」

「不是，主任，您聽我說……」

學務主任嘆了口氣。全校大概就只有這個學生會用這麼標準的「您」來稱呼師長了吧。衝著這一點，學務主任就不想太強硬地斥責她了。

「好，說完就回教室。說。」

「那裡，」王曉惠指指後面的小房間：「有人在哭。」

學務主任進去，一眼就看到角落有一團皺到不能再皺的身影，好像他整個人已經在淚水和鼻水裡醃漬了一輩子一樣。學務主任揮揮手，趕走很想留下來看熱鬧的王曉惠，然後才拍拍那個哭成淚人的男學生。

「同學？你怎麼了？」

對方一抬臉，學務主任就從那雙紅腫得極不自然的眼睛認出來了。再看一眼制服胸口的繡名，就完全確定了。

陳明發是他今年七十名招生業績之一。在林尾高中，一個老師最重要的任務，不是教出幾個國立大學或指導比賽拿了多少獎，那都是其次的。決定今年年終獎金，以及來年加薪扣薪的關鍵，是看你可以從這座城市的國中畢業生當中，挖起多少個，像花苗一樣種到本校來。上到各處室主任，下到級任老師，每個人都有配額。因此，從下學期末到整個暑假，是林尾高中教職員最忙碌的時候；沒上班的時候都在打電話或家庭拜訪，上班的時候也在打電話約另一次家庭拜訪，務求說服那些畢業生的家長，交出孩子的畢業證書——畢業證書一入手，他們就不能再去別的學校報到了，這株花苗就算是你的業績了。

學務主任去年的業績就是七十張畢業證書。不多不少，剛好完成配額。

他特別記得陳明發。那時已經七月多了，距離配額就差幾張，但他連續聯絡的幾個畢業生，畢業證書都繳給別人了。時間越晚，大地上越是一片荒蕪，連雜草都沒剩幾株，已經沒有挑三揀四的餘地了。就在這時候，他才從一個教過的學生那裡拿到了陳明發家的電話地址，登門拜訪。

那個狹小陰暗的破屋子擠了六口人，屋簷下漏的水，有一部分就直接打在人身上了。陳明發的父母都不知去向，他算是寄住在這裡給舅舅監護的。

當了這麼多年的主任，他一看到陳明發就覺得不妙。這是一個需要特教資源的學生，擺在普通班級很容易鬧出意外來的。但他對本校的能力心知肚明，「特教」這麼看不到實效的東西，從來只存在於公文卷宗的紙面上而已。這種學生選進學校了，說不定還是幫主任自己增加業務。

如果他還有得選，他會放棄這張畢業證書。但現在已經七月中旬了。

「傷貴啦。阮兒這個囝仔，無彼個才調就莫讀。」

舅舅這麼說了幾次。但最終，在學務主任承諾他會特別照顧陳明發，不會讓他學壞、好好拿到高中學歷之後，還是拿到這張了。

如果不是今天再看到陳明發，學務主任也不會想起當時的承諾吧。

他又在心底嘆了口氣。

自己造的業還是回到自己的身上啦。

在學務主任出面協調下，這件事總算是有個解決了。他首先跟輔導室打了個招呼，通報這學生需要（本校沒有的）特教班，放在普通班會造成生活管理上的困擾；他接著暗示，就算退而求其次，也該是輔導室負責。輔導主任十分客氣，立刻說生活管理是學務處的職權所在，他們完全樂意「從旁配合」。學務主任當然沒有天真到以為輔導室會乖乖吃下來，畢竟真出了什麼事情追究起來，「未經審慎評估」就把人招進來的可是自己，所以他要的正是輔導室讓出主導權，讓他可以就近看管。

接著，他再向教官室和一年丙班的導師鄭老師打了招呼，他們都同意：用一般生活常規套在陳明發這個個案身上，是非常不利於他的「適性發展」的。也就是說，他們承認自己管不動了。

這時候，學務主任就出來做個順水人情，提了個讓大家都輕鬆的方案：從今天起，陳明發免去一切朝會和集合的義務；因此，教官室再也不用因為底下的掌聲超過九下，而被師父斥為無能了。同時，在經過報備的情況下，仿照王曉惠模式，學務主任會派他出些公差，他可以不必每節課都上，讓一年丙班可以多點安心上課的時數。

「磨練孩子的社會技能，也是很重要的學習啊。」

學務主任誠懇地說。大家都非常同意他的看法。

於是，就在下一次朝會的早晨，學務主任先把陳明發召來。陳明發今天還沒有任何鼓掌的機會，就一臉已然做錯幾百次的表情了。即使學務主任滿臉堆著笑，陳明發還是不敢抬頭看他，眼神像抹了肥皂一樣一直從主任的臉上滑掉。

但接下來陳明發聽見的話，卻讓他瞪大了眼，不可置信地盯住主任。

他不用參加任何朝會、典禮或需要拍手的場合。

更好的是——

「從今天開始，你就是學務處指定的公差了。你要負責做兩件事，」學務主任溫和地說：「第一，每天早上先來學務處跟教官室，拿抹布擦所有桌子。第二，你要去所有的處室，找到那裡的主任或組長，跟他們說一個笑話。」

「說……笑話？」

「對，他們都很辛苦，所以你要負責把他們逗笑，讓他們開心。」

其實根本還不用陳明發出動。學務主任大概只想像了半秒鐘，就被各處室主任組長臉上將出現的、既困擾又無法拒絕的表情，給逗得必須努力憋笑了。

「所以，你考慮一下，你願意——」

「好！」陳明發大聲說，連教官室那邊都有人好奇地回了頭：「我願意！」

「太好了，從明天開始，你就是學務處的正式公差了。」學務主任慈愛地笑了，同時伸手摸了摸他的頭：「期待你的表現。既然是公差了，以後就叫你『發哥』吧！」

＊

大約一個禮拜左右，何博思才慢慢習慣發哥每天早上橫掃千軍的大嗓門。二月底還有點殘餘的冬天感覺，大部分學生都是一臉了無生趣地走進校門，唯有校門崗哨的儀隊和發哥是精神抖擻的。但稍微不同的是，崗哨發出聲音是靠皮鞋鐵片，發哥的氣勢則完全來自他矮胖的身體。一進教務處的門，他就開始向每一個看到的師長問好。

「主任好！組長好！組長好！組長好！阿姨好！……實習老師好！」

每一聲都是跑到當事人面前，湊近站直，大聲喊出。看了幾天，何博思發現發哥的問好順序是固定的，依序是教務主任、教學組長、註冊組長、設備組長和幹事阿姨。一開始，何博思以為只是湊巧，但湊巧了快兩個禮拜，不禁有點好奇。一日，他坐在位子上，發哥一進門兩人打了照面，然而發哥卻像是沒看到何博思一樣，硬是繞過他而直奔主任的長椅。

何博思笑著拉住他：「欸，你當我隱形人喔？」

發哥哼一聲甩開袖子，腳步不停：「你、很笨！」

「喔？」

「要從最大的、才有禮貌！」

發哥毫不收斂的聲音迴盪在教務處裡，接著就是全處室憋笑的氣音。

張組長比出大拇指：「好！不愧是發哥，懂事！」

發哥露出燦爛而得意的笑容。

何博思臉上跟著憋笑，內心同時也苦笑了。是這樣啊，自己原來還不如發哥呢。由他問好的順序來看，整天搞笑、阿伯風格的張組長，其實是主任之下的第一人；而只管硬體的設備組長，大概只比負責庶務的阿姨高一些。發哥的問好有先後，但每一聲都有一樣的誠意，充滿了善良的朝氣。他只是敏銳地察覺到了誰比較「大」，卻沒有諂媚的意思；在他的腦袋裡，知道「大」的人優先，只是一種表示自己是好孩子的禮貌吧。

……這麼說來，何博思會排在最後一個，也是非常正確的。

發哥會依照同樣的階序，一一問大家有沒有空聽他說笑話。開學正是教務處最忙的時候，天天要處理編班分組、老師的排課、學生的轉入轉出、新學期教科書的派送，每個人都沒有對他發脾氣，已是為師者修養的最高表現了。他每被婉拒一次，就會露出半秒左右的失望表情。大多數時候，聽笑話這份「差事」，都會落到沒有比較閒，但是順位最後一名的何博思身上來。

「你知道，烤肉的時候最怕什麼嗎？」

何博思配合地搖了搖頭，睜大疑惑的眼睛。心底實際上是嘆了口氣。ＯＫ，你很認真在Google網路笑話嘛。

「就是肉跟你裝熟！」

何博思笑了，但只有一點點。他早就聽過了，知道要留點嘴角幅度給後面幾句。

「還有木炭跟你耍冷！」

「蛤蜊搞自閉！」

「火種很、很沒種！」

就在何博思覺得自己再也沒有辦法提升笑容幅度的時候，發哥自己陷入了混亂。他努力地回憶，眉頭皺成一團，手指也絞在一起，口中喃喃吐出一些關鍵字。何博思趕緊伸出手拍拍他的頭，用最慈祥的語氣說：「謝謝你的笑話，你讓我今天心情很好。」接著假裝忽然發現時鐘：「欸，時間不早了，你在學務處不是還有任務嗎？會不會來不及？」

「對！」

話音才落，發哥立刻忘了笑話，一溜煙跑走了。

在此時此刻的林尾高中裡，大概也只有發哥會這麼毫不猶豫地去拎水桶、洗抹布、擦桌子了。雖然名義是春天了，但寒假過後的水仍冰得不留餘地。何博思連洗個手，都會想起《悲慘世界》裡面的珂賽特。然而，發哥從上學期接下學務主任的公差任務之後，至今風雨無阻，沒有一天偷懶。何博思真不知該說學務主任這招很有兩把刷子，還是該為他利用發哥的天真無知而生氣。換作是其他高中生，就算會為了不必上課而高興，也多少會有被役使的厭惡感吧，但發哥對此是沒有感覺的，他這一輩子恐怕還沒這麼喜歡上學過。

雖然每天早上都要被打斷工作，來場即興的表演練習，但何博思倒是不太討厭這孩子。或許是因為第一印象就覺得有趣，也或許是他所就讀的一年丙班，就是何博思這學期將要跟課的導師班，下意識總覺得他就是自己的學生，稍微多顧一點也是應該的吧。

一年丙班的導師鄭老師，跟他一樣是念歷史的。她打扮入時，踩著的高跟鞋跟與她臉上的妝容一樣，既纖細又銳利，看起來更像是什麼貿易公司的上班族，跟林尾高中嘈雜的背景有點不搭軋。跟過幾次課堂和集會後，何博思卻不得不承認她真的是生來要吃這行飯的。班上男女比大概是七比三，是個陽剛氣很重的班。但不管那些躁動的高中男生怎麼挑釁試探，鄭老師臉上始終淡淡的，看不出生氣或高興，學生自然也就鬧不下去。要說一年丙班乖巧，那是絕對說不上的，然而這個班卻也總是能好好跑完所有日程，鄭老師一直把他們控制在一個微妙的動態平衡上。

「用罵的又累又沒效果，幹嘛啊。」

聊起來，鄭老師也只是這樣淡淡一句。

雖然鄭老師一點也不老，卻頗有老尼入定的氣勢。

發哥能常常這樣去跑公差，鄭老師那種順勢而為，無需強求守著什麼規矩的做法，也是很重要的關鍵。不過，這也真的是對大家都好的做法。換個更嚴格的導師，光是每天要把發哥按在教室裡上課不出亂子，就要花去大半力氣了。

學期一旦開始，也就沒什麼多想的餘地，行政、帶班、教學，萬花筒一般滾動，時間也就過去了。

偶爾抬頭，看見的是同一面鐘，每天差不多的九點鐘、十點鐘、下午三點鐘，不細想的話，就好像什麼都沒有發生過一樣。

如果學校的生活一直都這樣，好像也不算太壞。

天氣慢慢暖起來了。

差不多在三月初，發哥調換了他的工作順序。他會先到學務處擦完所有桌子，然後才以學務處為起點，依距離之遠近，一個處室一個處室執行他的笑話公差。

「因為，比較不冷了！」

原來你也知道冷啊。

何博思當然沒真的笑出聲來。也因為這樣，發哥輪轉到教務處來時，已經快要十點了。他照例一一請安，流程走到設備組長時，全校廣播忽然響起。

教官室報告。教官室報告。

由於今日空軍九三五聯隊貴賓蒞校參訪，全校第二節、第三節下課暫時取消。為維護校園內的嚴整和紀律，請各班老師配合，請勿讓學生隨意離開教室。另外，也請所有教官與值班老師，立即開始巡堂。下課的具體恢復時間，會在參訪結束後，另行廣播通知。

報告完畢。

除了發哥，整個教務處的人都歪著頭聽完了。

「你等我一下，」何博思稍微止住發哥的笑話：「組長，『取消下課』是什麼意思？」

張組長聳聳肩：「你問我我問誰。」

「取消兩節下課，那就是直接連到第三節……學生不准離開教室，是師父覺得走廊會亂吧。」

教務主任倒是從裡面那間辦公室走了出來，接過話頭，很快又沉吟了起來。

但還沒沉吟出個所以然來，每位組長和主任的手機全都響起了叮叮咚咚的訊息提示音。

再過幾秒，每一支內線電話也通通炸響。

「抱歉，我接個電話。」何博思再次對發哥豎直了右掌，中斷他這個禮拜以來第三個以小明開頭的笑話：「是，教務處您好。是的，是，好，我們也剛剛收到消息，我幫您詢問。」何博思按住話筒：「主任，不好意思，高三丁班的化學老師在問……」

「問下一堂課老師要留在原班，還是照課表換班？」

張組長盯著手機螢幕，頭也沒抬，就丟了一句話過來。

「是的。」

「怎麼會有這麼笨的問題啊，當然照課表啊，不然是要跟學生談心吃午餐喔？要不要順便下午茶？」

張組長話音一落，所有持話筒的人立刻轉回電話的方向，準備迅速解決這通電話。因為每個人的話筒裡，通通都出現星燎火燒般的插播提示音了。整間學校的電話線路大概都燒起來了吧。

「了解。我就請老師……」

然而一直在考慮什麼的教務主任突然出聲。

「等一下！」

全場又定住。

「先別回，請他們稍等一下。教務處會統一廣播宣布。」

「好的。」

就在大家忙著按捺一波波插播的空隙，何博思隱約聽到主任跟張組長交換了幾句話，彷彿是「先大家商量一下」、「還是小心點比較好」之類的。主任用自己的手機撥了通電話，語氣和表情始終都很謹慎。好一會兒，才終於轉過來對教務處的大家開口：

「我跟教官室討論過了，既然是取消下課，那就是師生同步取消。」

「天啊。」

「同步？」何博思聽糊塗了：「意思是？……」

「還好主任細心，」張組長扶額：「我們都太嫩了啦。」

教務主任對講了這話的張組長笑了笑，起身走回自己的辦公室。整個教務處，只有那張辦公桌的電話有連上全校廣播系統。很快地，新一則廣播響起。

教務處廣播。教務處廣播。

因應空軍九三五聯隊貴賓蒞校參訪，下課時間暫時取消。為了確保各班秩序，請第二節的任課老師，留在原班，指導各班學生自習。待到參訪結束，再依課表前往各任課班級。請注意，如無必要，請各任課老師以自習為優先，以維護校園嚴整與紀律。

報告完畢。

報告一結束，教務主任便又踱回了裡面那間辦公室。

「菜鳥，懂了沒？」

張組長側頭抛過一個眼神。然而，一臉茫然的何博思什麼都沒接到。

「……欸，很沒慧根耶。」張組長翻了個白眼：「我問你，誰會聽到這道廣播？」

「呃……全校老師跟學生？」

「還有一個。」

何博思的臉皺了好半晌，還沒來得及擠出什麼答案，就聽到發哥的聲音拔起。

「我知道！我知道！」

「好，你講。」

「有師父！有保健阿姨！還有……」

「好，停，」張組長轉向何博思，臉上一抹戲謔的笑：「有沒有，我就說發哥很懂事吧。」

「啊！師父會聽到，所以……」

「所以你如果搞錯師父的意思，發錯廣播，師父就會跟發哥一樣，罵你笨。如果你猜不出師父的意思，竟然打電話去問了，那你不但笨，而且懶，不會自己動腦。你笨沒關係，教務主任可以笨嗎？」

「那師父的意思是……？」

「師父的意思，就在第一通廣播裡啊。你要認真聽。」張組長換上了主任教官的腔調：「由於今日空軍九三五聯隊貴賓蒞校參訪，全校第二節、第三節下課暫時取消。為維護校園內的嚴整和紀律，請各班老師配合，請勿讓學生隨意離開教室。怎麼樣，聽到了嗎？」

何博思一字一字吟味著這段乾枯的報告詞，像是大學時讀那些沒有注釋的古文一樣。一瞬間，他皺著的臉終於鬆開了。

全校第二節、第三節下課暫時取消。

取消老師的下課，還是學生的下課？沒有講。

為維護校園內的嚴整和紀律，請各班老師配合，請勿讓學生隨意離開教室。

但把下一句拼起來，各班老師要如何「配合」？老師如何不讓學生離開教室？

那當然是老師也不下課，留在原地管秩序了。

因此，如果把第一通廣播理解為「不要讓學生下課」就錯了。

也不是「不要讓任何人下課」。因為目標是「維護校園內的嚴整和紀律」，上課也會有聲音、有騷動。

所有訊息加起來，是「不要讓任何人上課、下課」才對。

所以，教務主任最後發出的廣播是：「如無必要，請各任課老師以自習為優先，以維護校園嚴整與紀律。」

張組長看著何博思的表情變化，癟了癟嘴：「下次慧根再這麼差，就讓發哥帶你去出公差啦。」

發哥的臉混合了勉為其難和得意洋洋兩種顏色，就像一張混亂的調色盤一樣。

而何博思此刻的心裡，也有種奇妙的混亂感。他應該要在心底嘲笑這種上下交相賊的虛偽文化才對。但因為他瞬間理解了其中關節，所以他竟然覺得，這樣還可以，還不錯，他可以接受，可以理解。如果他沒有親眼見到，只是聽人轉述，或許會厭惡到無法接受吧。然而親歷其中的體感卻告訴他：沒有想像那麼糟嘛，這裡面的眉角，甚至可以稱之為某種「專業」。

這是墮落。他趕緊在心裡告訴自己：看看你變成什麼樣子了。

他跟他們不一樣。他要確保自己跟他們不一樣。

然而這一切真的很神奇。危機立刻解除，教務處的氣氛鬆了下來。發哥也馬上蹦跳到張組長面前，纏著要說笑話，全然不管剛才明明是纏著何博思。半小時前才推說有事的張組長，此刻心情正好，難得地往椅背上一靠，雙手交叉，認真聽了起來。

也許在察言觀色這一點上，發哥的段數還超過大多數高中生也不一定。

何博思回到自己的座位，繼續早上中斷的工作。今天天氣非常好，整片天空都沒有雲，因此連最遠的山稜線都能看得很清楚。

他覺得自己並沒有發呆很久，但等他回過神來，一切都已經來不及了。教務處內突然多了一輛輪椅，推輪椅的阿姨眼光嚴峻，卻遠比不上輪椅上癱成一團的師父所發出來的斥罵聲：

「那個誰，怎麼還有學生在這裡？」

*

突然之間，發哥覺得自己變成了一顆足球。如果靠近教務處，或者不小心在路上遇到張組長，組長就會繃起以前沒見過的嚴肅表情問他：「你怎麼沒去上課？」他知道張組長的意思，可是當他回到一年丙班教室，鄭老師又會捲起棕黑色的眉毛問：「你今天沒有公差嗎？」他不想承認沒有，趕緊回到學務處。水藍色教官看他在這裡，則會搖晃著胸口的紋章：「你要不要到輔導室看看需要幫什麼忙？」他乖乖去了，但還沒去就知道，輔導室從來沒什麼需要幫忙的。輔導室小小的，總共只有三張桌子，全部擦完不需要五分鐘，輔導老師會笑得甜甜的，向他道謝，卻沒有要留他下來的意思。

發哥不知道自己還可以去哪裡，於是只好一間一間晃過去。總務處，人事室，會計室，圖書館……他只知道，無論如何不要靠近校長室，也千萬不可以被師父或賀校長看到，寧願躲廁所也不可以。在晃蕩的旅途中，他努力保持安靜，靠著走廊右側，躡手躡腳走直線。他不想驚動任何人，特別是巡堂的張組長。不知怎麼的，張組長最近常常巡堂，好像就為了盯住發哥一樣。

像是在流浪一樣。

一顆被校隊踢來踢去的足球。

如果不想一整天都躲在廁所裡，他該去哪裡？……

不過，苦惱這個問題的不只是發哥本人而已。每個週一的早自習時間，林尾高中照例會召集全校教職員，一起參與本週的「校務會報」。雖然教職員不必訓練自己鼓掌九下，但參與校務會報也並沒比學生參加朝會有趣到哪裡去。一般來說，校務會報不會有什麼具體內容，它純粹是一種意志力的訓練，當一名老師可以聽完師父每週重複的「嘉言錄」，而不致讓眼皮往下掉或眼球往上翻，那他必然就有足夠的能力，可以克服在林尾高中遇到的各種難題。

但是，在發哥的「公差」被師父抓包的這週就不太一樣了。

何博思一踏入巨大的階梯劇場式會議室，就感受到今天的氣氛與往常完全不同。平常是散漫落座，今天則早早就坐正了七、八成；平常還有點早餐的氣味瀰漫，今天每個人的桌上除了會議資料以外什麼都沒有。階梯形的座位像山坡一樣瀉向最底層、也是最重要的一排長桌，那是師父和校長的位子。越靠近那張長桌職級越高，從主任、組長、各科召集人，一直延伸到高三導師、高二導師、高一導師、科任老師，最後才是實習老師。偏偏會議室的入口，卻又是在山坡的最低處，一定要從長桌開始往上爬。何博思穿過長長的導師座位區，聽到不少人在抱怨「今天不能改考卷了」之類的話，然後才抵達自己在最頂一排的位子。

居高臨下一看，更覺得今天很難善了了。

會報還有十分鐘，師父竟然就已經進場坐定了。

整個場子發出了細小的嗡嗡聲。到場的人慌忙地呼叫還沒到的人。

一開場，師父的怒意就衝破了鄉音，準確地讓每個人都聽懂了。他拿起桌上的資料，念起每一個班級在這學期轉學的人數。

為什麼有這麼多人轉離本校？每年都在推行「手心計畫」，要把愛徒捧在手心，為什麼還是不能達成零轉學的成就？要知道，每一個轉學生都是本校的損失，在座你們的薪水就這樣一個一個流走了！師父強調，他甚至花了快一億來蓋新的活動中心大樓，他這麼全力以赴，實在不明白為什麼沒辦法讓每一位愛徒感受到。想來想去，那就是中間有人在搞鬼，破壞了他的努力。

最後，師父嚴厲地下了結論，這樣破壞努力的無恥之徒，就是教務主任。

「報告完畢。」師父最後吐痰一般吐出了這四個字。

何博思聽完整席話，花了好大的力氣才穩住自己的下巴關節。

根本說不上哪裡不對勁，因為也沒有哪句是對勁的。

經過張組長的訓練，他已經可以聽懂了。這整段話無一字提到發哥在空軍九三五聯隊來訪期間，逗留於教務處的事情，但大家都很清楚是衝著什麼來的。

輪到教務處的報告了。本來應當是天下第一處的順位，在此時卻顯得萬分尷尬。教務主任臉色鐵青地站起身來，先代表教務處向師父道歉，接著再謝謝師父的訓誨。

師父就是要在空軍貴賓參訪時，全校保持嚴整、紀律。而一個上課時間還收容了發哥的處室，當然是不嚴整、沒紀律到了極點。一疏之後，前面百密的思慮通通都不算數了，自然得擔起無恥之徒四個字。連帶的，由教務處負責主持的，避免其他私校挖走本校學生的「手心計畫」，當然也會被提出來洗臉。如果今天出事的是學務處，事由可以換成「紫錐花計畫」，斥責反毒效果如何如何不彰；如果出事的是輔導室，事由可以換成「你說我聽」的計畫，投入了人力卻毫無成效。

重點從來就是要罵誰，而無關乎計畫本身。

這層緣由何博思一點一滴，也慢慢想通了。他不禁開始想，如果自己是教務主任，這場風暴要怎麼扛。

吃頓排頭是免不了的，但就這樣坐以待斃嗎？

教務主任開口了。他彷彿沒事人一般，用穩定的口吻宣布了新的「巡堂制度」。在新制裡，各處室的行政人員都要抽幾個時段去巡堂：「百分之百掌握學生的學習狀況，每分、每秒、每個角落。」如果有學生在外遊蕩，以班級為單位，第一次、第二次記點警告，第三次則列入導師考績。同時，教務主任重申，學生的學習效率，與學生的生活常規管理息息相關，嚴整的紀律絕對是最重要的基礎。

「為了讓學生有更好的學習環境，請大家務必配合。」

如果不是現場氣氛如此哀戚，何博思幾乎要喝采了。教務處負責什麼？無非就是招生、教學和課務。招生是長期計畫，沒有著力點，但教學和課務可是捏在手上的，隨時可以控制各班導師。制定巡堂制度，把學生在外遊蕩的責任，連結到導師考績，這是把責任攤下去。而最後，點明了問題在「生活常規管理」，這是把主管生活常規的學務處和教官室拖下來。

何博思再嫩，也聽出教務主任這幾著的弦外之音了。

是，人是在教務處逮到的。但發哥為什麼會在這裡呢？那是學務處批准、教官室默許、鄭老師放行的。

教務處有的是「學習」的大義名分，以及教學考績的實權。

誰也別想逃，要死大家一起死。

或許教務主任的策略收到了一點效果，接下來的會議氣氛突然平淡了下來。各個處室照例背誦師父嘉言錄，感謝師父的教誨，報告一些不大不小的瑣事，也就散會了。散會以後，何博思找了個空檔去找張組長。

「組長，涼的。」何博思遞了一瓶茶過去。

「按怎？有事喔？」

「沒啦，組長，早上的會有點太刺激了，退退火。」

「嗤，小case啦，你還沒看過更厲害的。」

「啊所以……現在這樣沒事囉？」

「沒事？怎麼可能，現在最多事。裡面那個，」張組長右手拇指往耳後一甩，那是教務主任辦公室的方向：「叫我沒事就去多巡兩圈，不要再讓那個發哥到處趴趴走。」忽然張組長一乜眼：「對欸，你們班的嘛，靠北差點搞死大家。」

「歹勢啦……」

「免啦，想也知道是誰的意思。」

「唉，其實喔，我說句內心話，組長你不要生氣。」

「講啊。」

「扣掉師父會生氣這一層，想想喔，其實那樣安排是真的還不錯。說要那種小孩認真念書，他就不是那塊料，換作是別班一樣頭痛。我跟過幾次課，老實講，那種學生根本就不該跟普通班一起上課。」何博思一面說話，一面小心地審度著張組長的表情：「所以喔，我在想，組長，不知道有沒有什麼通融的辦法，可以比較……兩全其美一點的？」

張組長面容一斂：「你想幹嘛？」

「我在想……」

「想？」張組長這次倒是正眼看他了：「你該先為自己想吧？還是你想創下中華民國教育史上第一個實習三刷的紀錄？」

何博思瞬間語塞。張組長平常太好相處，讓他不知不覺鬆懈了，一時忘了自己最大的麻煩。說這些話，有幾分是想為發哥做些什麼，也有幾分是想幫鄭老師分擔一點。他可以在心底嘲笑每一個教職員，偏偏就是沒辦法真心把發哥的事情當玩笑略過去。這讓他剛剛講出那一番話時，幾乎要為自己自豪了起來，作為一個老師——

他幾乎忘了，自己可是個有紀錄的人，是個「下學期才來實習的人」。

幸好，張組長只是意味深長地看著他，似乎沒有打算繼續追擊。

張組長旋開瓶蓋，喝了一口，抹抹嘴角。

兩人沉默了好半晌，漫長到何博思都想要逃走了。

——是不是該鄭重說聲對不起。可是，到底是對不起什麼了？

突然之間，張組長臉上笑開，手伸過來拍了拍何博思的肩膀。

「拿你沒辦法。你得學點大人辦事的方法，不然穩死的啦。」

*

從孝親大樓往右，沿著志清一樓的走廊走到底，就是保健室了。扣掉層層疊疊布簾和病床架子，它的格局就是略小一點的教室。只是原本放黑板的地方，換成了一面貼滿衛教傳單的白板。兩側的窗台下是放了瓶罐、器材的金屬長桌，銳利的鐵色倒影稍微為保健室增添了一點專業感。唯一一張白色的桌面，就是校護廖阿姨的辦公桌了。林尾高中的學生都知道，受傷來保健室的時候，護士阿姨未必隨時都在。如果真的很著急，只要拿起桌上電話按＃9，廖阿姨就會從校園某個角落趕回來。

跟其他學校不一樣，廖阿姨平常不會在保健室待命，而是推著師父的輪椅全校趴趴走——這算是林尾高中學生的一個小祕密，幾年下來，竟也沒有因此出任何意外，這默契也就定了下來。對學生來說，若真的身心有什麼不舒服，需要的本來就不是護士，而是可以來保健室躺一下的藉口。廖阿姨回來得越晚，大家的休養時間也就越充足，因此即使每個人都知道那架電話，也只有新生會老實到真的去按。

發哥不是新生了，他當然懂這個。他一邊小心地觀察窗外，一邊告訴自己的耳朵，要注意任何接近的腳步聲。好一陣子，他才稍稍放了一點心，開始一張張細讀白板上的衛教傳單。他不太知道這些傳單在幹嘛，不過其中有幾張紫色的特別好看。

紫錐花運動

反毒總動員　全球一起來

由校園推向社會　由國內推向國際

無毒人生　幸福滿分

發哥在學務處看過類似的海報，不過比眼前這張大得多，圖片上的紫花也比這張模糊得多。他再次左右張望，迅速把它抽走，並且將所屬的磁鐵分到其他傳單上去。

對耶。磁鐵。

發哥笑開，他知道自己可以幹嘛了。

整面白板上，總共有十三張傳單。但傳單之間的排列並不整齊，有些整整高出鄰居大半截，有的歪斜到發哥必須同步歪頭才能看得清楚。更嚴重的是拿來釘傳單的彩色圓形磁鐵，發哥一眼望過去數不完有多少個，總之比傳單的數量多上不少，但卻沒有好好平均分配給每一張傳單。

「嚴肅、認真、紀律！」

發哥小小聲模仿水藍色教官的腔調。

在保持安靜的前提下，發哥開始了他的整理工作。保健室外面的每一棟大樓、每一個處室、每一條走廊都變得萬分危險，如果他被巡堂老師逮到，他的公差生涯就會完蛋。他已經有驚無險地躲了好幾堂課，有幾次他甚至都聽到張組長的皮鞋聲從轉角處傳過來了。他一邊疲於奔命地逃，一邊想著：還有沒有什麼處室是能夠出公差，又不會被趕出來的？

有啊，如果那個處室常常就沒人。

比如說，保健室——

要是巡堂老師來到這裡，他還可以躲到布簾後面的病床上。他跟著學務主任一起巡堂過，他記得那時候學務主任只從窗外看了一眼，根本沒有檢查病床。

發哥因為自己的聰明而感到心情很好。美中不足的一點是，他太晚才想到保健室的妙用了。如果下一次再有什麼空軍基地的人來參訪，他一定早早躲到保健室裡來，就不會惹張組長生氣了吧。

發哥把傳單上緣通通切齊，高度設定在自己的頭頂。這讓他每一次伸手挪動傳單，都會覺得手有點瘦。不過他覺得這樣很好，有一點點累，才有出公差的感覺，就像冬天時令人畏懼的冰抹布一樣使他滿足。接著，為了分配磁鐵，每張傳單他只留一顆在額頭的位置上，其他的通通抱在左手臂彎裡。這動作有一點高難度，因為不是每顆磁鐵的吸力都扛得住，就算扛得住，如果沒有放在正額心上，傳單也會歪掉。發哥努力保持平衡，但又要注意窗外、又要安靜、兩隻手又都各有任務，沒多久就弄得滿頭大汗。「暫停一下」的念頭才剛閃過，左手就不小心傾斜過頭，十幾顆磁鐵劈劈啪啪通通掉到地上了。

磁鐵敲在地面上滾動的聲音，像一陣彩色的暴雨打在鐵皮屋頂。本來安靜的保健室，這幾秒吵得恐怕連校長室都要聽到了。

發哥心裡著急，忙蹲下去，想按住還在劈啪滚的幾顆。但才蹲下來，就聽見地面隱隱傳來輕微的皮鞋聲。他屏住呼吸多聽一秒，皮鞋聲還在，不但不是幻覺，而且正篤篤地接近中。

發哥看了一眼散落一地的磁鐵。沒時間了。他只得隨手抓了幾顆塞口袋，全速翻進最外側的一張病床。

篤、篤、篤、篤——

發哥把棉被拉到胸口，翻身背對門口。這樣如果布簾被拉開，他還有機會閉上眼睛。皮鞋聲步步推進，這幾秒意外地漫長。長到發哥竟然有時間端詳了更裡面一重布簾，他知道那後面也有張病床。不知道是不是幻覺，剛才他好像看到那重布簾也晃了一下。

裡面有人嗎？

「裡面有人嗎？」

一個男聲響起。接著是「叩叩」的敲門聲。

「我進來囉？」

我睡著了。你趕快出去吧。你沒有看到磁鐵。

外頭沉默了好一會兒，有些窸窸窣窣的聲音。發哥縮起身體，閉起眼睛，盡可能用最微弱的幅度來呼吸。但這一切都沒有發生作用，布簾「唰」地被拉開，陽光從發哥的左後肩探了過來。

「同學？」有隻手搖了搖他：「陳明發同學？」

發哥坐起身來，有點生氣。

「我在睡覺！」他大聲說，然後嘟起了嘴。

「喔？那怎麼沒脫鞋就上床呀。」

闖進保健室的那人笑著用食指叩了叩發哥的皮鞋。

發哥與對方對上眼，是那個新來的實習老師何博思。在他被抓包的當下，何博思的笑臉看起來格外討人厭。他不說話，逕直走回白板前，蹲下來撿那一地的磁鐵。不管怎麼樣，他要告訴這個人，他在保健室有公差，沒有做完之前，他是不可以回教室的。

然而何博思並沒有把他當足球來趕。他高高的個子一瞬間矮了好幾截，蹲得幾乎跟發哥差不多高，然後也幫忙撿起了磁鐵。發哥一瞬遲疑，不知道該不該拒絕讓他幫忙，這樣磁鐵會太快整理完。但一方面，發哥又覺得有人一起幫忙的感覺很好，不知為何覺得磁鐵看起來更可愛了。發哥最後什麼也沒說。他們一起把磁鐵貼回白板上，照著發哥之前設想的順序，依次在每張傳單添上第二顆磁鐵，然後是第三顆，直到通通用完為止。在這段時間內，何博思沒有說任何一個字，只是安靜地幫忙。

全部結束之後，發哥不再那麼生氣了。

但嗓門還是很大：

「你來幹嘛！」

「我？我來找你的呀。」何博思的手臂揮了一下：「我從孝親大樓一路找過來，沒想到你在這裡。」

「所以、我不能、當公差了、對不對。」

發哥低下頭。

何博思又輕輕笑了一聲。發哥不覺得這有什麼好笑的，這個實習老師雖然人好像不錯，但又很會惹人生氣。

「不對。正好相反。」

發哥睜大了眼睛。

「從今天開始，因為我是一丙的實習老師，你是一丙的學生。所以，你是我的專屬公差了。你每天早上的第一件事，就是找我報到。然後不管要去哪裡，你都要第一個告訴我。」何博思強調：「這是學務主任的命令。」

「喔……」

「喔什麼喔，不滿意喔？」

發哥很認真地皺起了眉頭，一臉不大情願。

何博思瞬間有點狼狽，本來堆起來的一臉痞樣僵住了。這種說話方式，照理說是可以讓大多數高中生乖乖合作的。

「我本來，本來是，學務主任的公差。然後現在，現在被換到，換到你的公差。你是實習老師……這樣子，我不就是，降級了嗎？」

「還挑勒……」

「我不喜歡、降級。」

「好啊，那我去跟學務主任說，說你不想當公差了。」何博思收起苦笑，換上一副不在乎的表情：「我們現在就回一丙。看你要當一丙的公差，還是一丙的學生。」

發哥的眼眶立刻紅了一圈，手指絞在一起，很顯然陷入了長考。何博思有一點後悔自己用上了對待一般學生的方法，那是他在上一間學校裡學會的，沒多想就很自然地使了出來。但何博思也沒有餘裕讓發哥考慮了，他一定得答應，因為一切都交換好了：教務處主動提議，以「補救教學」的名義，讓何博思帶著發哥；這樣一來，教務處可以賣個面子給學務處、教官室和鄭老師，又可以冠冕堂皇說這是在磨練實習老師的教學技能。往後若出了什麼事，那也是何博思第一線要扛，每個處室都可以無事一身輕。師父的怒氣下禮拜就散了，畢竟多久才會有什麼聯隊來一次？這種衰事過了就算了。

「好吧。」發哥艱難地說。

「那就說定囉？」

「但是，可不可以……如果我，如果表現很棒，很棒的話，可不可以、再升級回去？」

何博思愣住。

這不是可不可以的問題。誰願意再接這塊燙手山芋呢？

就算是現在的方案，也是走一步看一步，下學期何博思離開了，還不知該怎麼辦呢。

但發哥殷殷期待的眼神，卻讓何博思難以輕易敷衍過去。如果是一般學生，再痞個兩句帶過話題就沒事了吧，然而發哥是聽不懂、也不會願意接受這種暗示的。

「這個……」

何博思才發個音，一個比他還清亮的、字正腔圓的女聲，忽地從更深處的病床衝了出來：「笨死了！公差就是公差，哪有升級降級這種事兒？」

作者 BoThink (BT) 看板 shen-ru
標題 [第二夢]
時間 Mar 7 10:47:24 2019

我收到了指導教授的回信

「BT，這是很嚴重的事。若查證屬實，學校是有義務通報的。聽你說起來，學校應該已經進入調查程序了，身為實習老師，你第一時間通報，已經盡了你的責任，不必太過自責煩惱。沒有一個人希望學校裡面發生這種事，但既然發生了，就面對處理。對你來說，也可以是一次學習的機會，好好觀察性平機制是怎麼運作的。

關心學生很好，但也要記得身為老師的分際。不要意氣用事，義憤填膺的時候不要下任何決定，這是前輩送給我的忠告，現在我一樣送給你。

期中meeting再詳聊吧。記得整理實習檔案。」

怎麼回這封回信呢
你沒有看到GK的樣子
沒有看到主任的樣子
所以你可以說出這麼正確的
忠告

「學習的機會」

他們也是這樣跟GK說的

要學習
要成長

--
※ 發信站: 批踢踢兔(ptt2.cc), 來自: 29.352.264.180

3 小惠

從裡層的病床裡，鑽出一個穿著整齊制服的女學生。她的胸口繡著代表二年級的兩條橫槓，但身形略微矮胖，看來沒比發哥高上多少。她的表情和制服看起來都頗有精神，不像是需要躺在病床上睡一陣的樣子。她一臉滿不在乎地排開布簾，對於自己偷聽並且插入別人的談話，看來一點歉意都沒有。

「嗨，何老師。」

「嗨？」

何博思覺得她萬分眼熟，但距離想起來還是差了一點點。

發哥倒是先發脾氣了：「妳幹嘛說我笨！妳才笨！」

「說你笨就笨，不要頂嘴。你忘了我是學姊啊？」

發哥癟了癟嘴，雖然並不服氣，卻真的安靜下來了。

簡單、粗暴、有效。

「不好意思，我是這學期新來的實習老師。請問同學妳是？」

「你幹嘛又自我介紹一次啊，記性很差耶。」她誇張地躬了躬身，換上了更高等級的做作國語：「『何老師嗎？請到這邊來坐。』」直起身子後，何博思才發現她手上也有一罐麥香紅茶。

「喔！妳是當時帶我報到的……」

「嗯哼。我叫小惠，如果你要比照辦理，叫我小惠姐也可以。」說話的同時，小惠乜了發哥一眼。

「我是發哥！」發哥燦爛地笑開了。

「少囉唆。憑什麼你就多一個『哥』字啊！」

雖然何博思對所有的「長幼有序」都有點過敏，但發哥和小惠這種無害的拌嘴，倒還覺得可愛。

小惠聲音慵懶：「我好無聊，我要走了。」

何博思看了一眼手機，將近十一點。還沒等他回答，小惠便自顧自走向保健室另一端的辦公桌，拿起電話按了#9。

發哥驚惶：「妳幹嘛啦！」

「玩她一下啊，不然勒。」

何博思輕咳了一聲。

「欸，我平常可是很有禮貌的，你看，我還會跟實習老師鞠躬。」小惠再次躬了躬身子，顯然沒什麼誠意：「但這個姓廖的不配啦，王八蛋，整天就知道巴結師父，除了推輪椅什麼也不會。哪天真來個重傷的，等她接到#9跑回來，人都下到第六層地獄了。」

何博思想起師父在巡視工地時，背後那個套裝嚴整的阿姨，原來那就是林尾高中唯一的校護。配上小惠斬釘截鐵的評價，他忍不住笑出聲來：「靠。」

兩名學生睜大了眼睛。

「ㄏㄡˊ，你講髒話！」

「剛剛講王八蛋的是誰啊。」

小惠聳聳肩。

「再不走那個姓廖的就要回來囉？」

「那我們、我們要去哪？外面有好多巡堂、巡堂的張組長。」

「張組長只有一個，你這笨蛋。」

「不好意思，」何博思舉手：「雖然我也會罵髒話，不過我個人是建議髒話留著罵老師就好。」

兩名學生再次瞪大眼睛。

「……這麼北七，難怪……」

「難怪什麼？」

「沒事兒，」小惠眼光一飄，演講比賽等級的腔調再現：「沒事兒，小事兒，不重要。你們到底走不走？我反正要走了。這禮拜已經玩她八回了，我可沒打算在今天最終回。」

她吐了吐舌頭，邁步就往右側的門離開。何博思也不想蹚這渾水，拍拍懊惱的發哥，打算先帶回自己的辦公室再說。何博思沒多想，就近要從左側的門出去。不料他們才剛一動作，小惠就氣急敗壞退回來，扯住何博思的衣角：「何老師——欸你是老師欸，聰明一點好不好，」她額頭往上一努：「沒看到那裡有攝影機嗎？走這裡啦！」

何博思啼笑皆非之餘，也不得有點敬佩：「妳連攝影機在哪裡都想好啦？」

「這很基本好嗎。」

「是，小惠姐說的是。」

小惠白了何博思一眼，不過看得出來是快樂的那種白眼。

她嘆了一口氣：「看來沒有我，你們是沒辦法安全的。只好我們一起回去啦。」

「好……等一下，妳說『我們』？回去哪裡？」

這次小惠真的就翻了一波很大的白眼。她指指發哥，再指指自己，沒好氣地說：「當然是跟著你回去啊。不然你以為只有發哥一個『公差』會被巡堂的釘喔？」

*

說到公差這件事，發哥還真應該感謝小惠。沒有她這個學姊先開例，學務主任恐怕也很難想到還有這個名義可以用。更別說小惠還在關鍵時刻臨門一腳，假裝自己不小心發現發哥在小房間裡哭。她相信一定是因為自己的暗示，這事才會成的。這麼說起來，小惠是發哥當之無愧的恩人，平常對他凶一點，也是學姊學弟之間的小意思。

沒想到那個「空軍九三五聯隊」的參訪打亂了一切——像小惠這麼伶俐的公差，廣播裡的官銜、職位是只要聽一次就能記牢的——發哥在處室間慌忙流竄的時候，她早早就發現巡堂老師的密度不正常地增加，立刻躲到保健室。

這是她事先就勘查過的第二備用窩。要不是她覺得這個何博思還算上道，才不會這麼簡單暴露位置呢。這也是個賭注，如果何博思出賣了他們，她也只好放棄發哥，自己躲到第三備用窩了。

何博思一開始沒認出小惠，小惠倒早就調查過他了。這是小惠的生存法則：什麼人、什麼事，多打聽一點不會錯的，反正「公差」就是有大把的時間可以打聽。因此，之前何博思上場試教的時候，小惠早已躲在一丙附近，一個沒什麼人知道的迴廊裡偷聽了。她對歷史當然沒有興趣，不過她有自信，只要從旁觀察一堂課的時間，就能摸清一個老師的個性。在那堂課裡，她聽到何博思用滿標準的國語說了一句「退此一步，即無死所」。整堂課她只記得這句話，但她覺得這句話說得真好，簡直就是發明來形容她的兩個窩的。能用這麼漂亮的國語，說出這句話的人，就足以讓小惠願意出手，指點監視攝影機的位置了。

小惠愛講標準國語，跟她是個優秀的公差這兩件事，是林尾高中的每個老師都知道的。

當然，小惠偶爾還是會捲舌失敗，就像她也不是每次護貝都可以弄得很平一樣。不過她也並不真的像表面上那麼在意，畢竟這都只是她小小的樂趣。讓她可以願意來學校的小小樂趣。

雖然現在才二年級下學期，小惠卻已經差不多忘光高一剛入學那幾個月發生什麼事了。她覺得自己有種奇怪的病：只要聽別人講太久的話，她整個人就會像泡到很深的水裡一樣，眼睜睜看著每一個字都跟泡泡一樣從身旁滑過，就算她想去抓也抓不到。再怎麼努力逼自己專心聽課，一節課下來能記得兩三句話就不錯了，再過一節更是什麼都攪混了。她就這麼從小學一路「泡」到高一，她才在心裡告訴自己：「嗯，我有病。」

這樣想會讓她好過一些，是生病而不是她特別壞。

差不多是在高一下的某一節下課，小惠在走廊上閒蕩，一個學務處的阿姨叫住了她。原來是師父突然召集要開會，學務處裡一片兵荒馬亂。「妳來出一下公差好嗎？我等等幫妳跟老師講。」她還沒搞清楚發生什麼事，就被按在一張桌子前面。桌子上有一大疊半人高A3的紅底紙張，雙面印著四欄文字，她的任務就是在上課鐘響之前把它們通通整齊對摺，表裡不能搞錯。阿姨遞給她一把鋼尺。

「交給妳了。拜託！」

大人對她說「拜託」，這可不是天天會發生的事情。

「行！」她說。字正腔圓地。

這小小的奇蹟讓小惠全力以赴，她的動作快到幾乎連自己的手都看不清楚。她只比鐘聲慢了兩三秒，就把它們全摺成了標題向外的小報紙，最醒目的大標是「大師圓寂　福慧常在人間」。很久很久以後，小惠才知道，那是因為師父的師父掛掉了，大家要一起去哀悼給師父看的意思。阿姨回頭給了她一個稱讚的微笑，下個命令又來了：「走，會議室。」就這樣，她和阿姨兩人合力，在師父坐定、開始講話的幾分鐘內，成功地將小報紙分放在一百多個教職員的桌上。分到班導師的面前時，她很有禮貌地小小鞠躬。出乎意料的，導師並沒有質疑她為什麼上課時間會出現在這裡，只對她點點頭。

任務很快就結束了，阿姨記住她的姓名學號：「謝謝妳幫忙，我會跟妳的老師講。」她也回了聲謝謝，然後走出會議室。

距離下一節課還有四十分鐘。

小惠在空曠的走廊上走了幾步，忽然驚覺。

現在所有老師都在會議室裡了。也就是說，不管她回不回教室，都不會有人知道；就算有人問起，她也只要說剛剛去出了公差，阿姨會幫她作證。

這簡直是神指引的一條路啊。

從此之後，小惠就不用在乎自己有沒有病了。那天起，小惠每節下課，都會在學務處、教務處、輔導室和總務處之間巡邏，看到哪個組長、幹事神色匆忙，她就會蹦到他們面前，說聲字正腔圓的「行！」然後接下公差。這個巡邏路線是有道理的，不但依照公差發生率的高低排列，而且也是小惠心中「好缺」到「屎缺」之間的排序。

當然啦，就算是去幫總務處搬花盆、掃樹葉，也好過在教室裡面抓深水泡泡。但要是能選擇，她還是比較喜歡玩玩護貝機或裁紙刀。運氣好的話，搞不好還能用電腦印個電子公文，然後順便接下送公文的差使。紅皮的「最速件」她不敢怠慢，白皮的「普通件」可就太棒了。一份文從教務處出發，總要再蓋上會計室、人事室之類的三、四顆主任章，才能送到最後一關的校長室。她很節制，平均每顆章只花一節課去等，絕不會拖到兩節。如果哪個處室多拖了點時間，下一節課她就會跑兩個處室，把進度追回來。她不貪心也不誤事，偷時間也講究盜亦有道。

這樣耗下來，一天很快就會過去。除了必要的考試，她幾乎就再也沒進過教室了。

沒多久，她就徹底摸清林尾高中所有眉角了。哪種公文可以「代為決行」哪種不能，校外寄來的哪類公文要先送哪個處室，乃至哪個組長的印章大概放在哪裡，她都一清二楚。如果學校是一台機器，那她可能是史上最知道怎麼跑這部機器的高中生了。越瞭解她就越安心：林尾高中的每個處室都忙得要死，只要她願意，永遠都有公差可以出——甚至可以分一點點給發哥這種沒有技術的。

沒想到好心被雷親，差點給發哥害到再也沒辦法出公差。

「空軍九三五聯隊」。這種沒在行事曆上的最煩了，一定又是師父臨時交辦。

但話說回來，也還好師父老是這麼煩，她才有出不完的公差。

也不知道這個何博思又是怎麼保住發哥的。但既然他可以保住發哥，就一定可以保住自己。小惠有自信，憑她的技術，何博思一定很樂意「收」她的，就像每一個處室的組長，都會一邊碎念著「妳該回去上課了」，但又一邊給她更多公差一樣。

畢竟他可是「下學期才來的實習老師」啊，搞不好哪天還要靠我救他呢。

當然，這話小惠並沒有真的說出口。

「那就請兩位加我LINE啦。如果要離開我的視線範圍，就麻煩每堂上課鐘響時，傳個訊息報一下位置。」何博思帶著他們回到座位之後，姿勢沒有一開始那麼嚴肅了，整個人斜斜地掛在辦公椅上：「妳有報備，就算我沒立刻回，什麼事情都算我的。妳沒報備，再被誰抓到，那就抱歉啦。」

「欸？你這裡有『角落生物』耶！」

小惠探手去抓何博思桌上的蝸牛布偶，何博思快她一步，先把它推得更遠一點。

「聽到沒？」

「借一下會死喔，小氣巴拉。」

「會。如果你們沒報備的話，會死喔。」何博思稍微坐正：「看是被輪椅輾死，或是被上課煩死，自己挑。」

「好啦……」

「好！」

小惠不甘願的話聲被發哥充滿朝氣的應答打斷，再次翻了個輕微的白眼。

*

從那天起，何博思就等於擁有了一個獨立的機動小組。張組長有時心情好，早上見面的第一聲招呼就是：「何組長好！」何博思也知道不必太在意這調侃稱呼中的小刺，保持恭敬但用玩笑的聲腔回一句：「師父您早！」也就過去了。風頭過去後，發哥照舊去每個處室找人講笑話，然後開開心心接下小惠推給他的工作。小惠平時雖然嘴巴不乾淨，必要時倒很會見鬼說鬼話，凡遇到粗重一點的、「沒技術的」公差，就一揚聲：「這個發哥很會！」發哥聽得舒服了，根本也就不計較工作辛不辛苦。

沒什麼人在乎他的小組擴編了一人，反正這樣對各處室也方便——需要人，打個內線電話給何博思，公差兩員外加一個實習老師隨叩隨到，不必在路上隨機攔截。

何博思不得不佩服小惠對林尾高中的嫻熟程度。如果說「公差」是把發哥留在學校裡的一塊浮木的話，同樣的東西，在小惠手上根本是任意門和隱身衣。即便每節課都要報備，何博思還是無法確定小惠的行蹤。他有時會故意抽空去小惠報備的地點看一眼，跟那裡的組長打聲招呼，大概只有一半的機率會看到她本人。這時如果在路上堵到她，她會搶在何博思之前開口：「這份文要從學務處送圖書館！」一抬手就溜走了。

大概觀察了一個多禮拜，他才看懂了小惠的隱身之法。其實就是聲東擊西的情報戰：學務處的人以為她在教務處，教務處的人說她送東西去輔導室，輔導室說她剛剛答應要回教室了。繞了一大圈之後，每個人都覺得小惠應該都在別的處室出公差。而正因為每個處室都受益於她又快又好的辦事能力，所以也覺得別人會徵用她是很正常的事。最後的結果，就是她明明在學校，卻沒一個人真正看到她。

何博思有次趁著逮到她的機會，用輕鬆的語氣戳了一下：「欸，妳不是說妳去人事室，但我問組長他一臉呆耶。」

「你去問組長？」

「不然勒。」

「……怎麼會有這麼笨的老師。」

「這位同學——」

小惠認真地看住何博思，稍微歪了歪頭。五秒後，她笑開了。

「唬爛我，你才沒問。」

「我幹嘛唬爛妳？」

「你問了，不就讓大家知道你沒管好我，不知道我在哪裡？你沒那麼笨啦。」

「咳，稱讚的部分我就收下了。」

「我雖然不會教書，但超會當老師的。那些招式對我沒用啦。」

小惠口風很緊，始終不肯透露那些消失的時間，她都混到哪裡去了。隨著天氣慢慢變熱，在走廊上逮到她的機率越來越低。何博思猜她一定有個祕密的據點，就像保健室的病床那樣，一旦偷到時間就會縮到那裡去。但何博思卻再也沒有在保健室看到她的蹤影了，倒是常常看到輪空的發哥在那裡玩磁鐵。有幾次過去，顯然小惠是來過，卻並未久留──因為裡頭只有校護廖阿姨一人滿面怒容地瞪著電話，身上嚴整的套裝也被怒氣衝歪。一見到何博思，廖阿姨就大聲抱怨這些死高中生都是放羊的孩子：「保健室的緊急電話怎麼可以拿來惡作劇？要是真的有人受傷了怎麼辦？」

「沒錯，這樣子玩保健室真是太危險了。」

何博思衷心地說，並且努力不在臉上露出任何一絲笑紋。

何博思倒也不是真心想管小惠去了哪裡，只是他也焦慮某天要是誰問起了，他可不能真的一問三不知。趁著巡堂之便，何博思開始逐區探索校舍，像在玩《血源詛咒》一樣試探每條岔路會通往哪裡。有事召集的時候，小惠總是可以從容快速地趕到，所以一定不可能超過孝親、志清、逸仙三個大樓的範圍內。他有想過小惠也許會待在熱食部或活動中心的工地裡，但她顯然完全不耐髒，連偶爾有幾台機器的總務處都不大喜歡進去。

第一次段考前，何博思開始考慮要不要說服兩人，至少考前一個禮拜進教室裡坐一坐。這當然對考試不會有什麼幫助，但也許能讓老師願意打個好看點的學期成績。他也有一點小小的私心：實習老師期末是要做一份成果報告的，如果他們的成績稍有一點進步，那自然可以光明正大記上一筆。但他又不想動用權威，想至少憑自己的本事找到小惠，講起來也會多一分氣勢。

然而，盯著掛在穿堂的全校平面圖，他實在想不出來還有哪裡可以找了。

是不是還有哪裡——

何博思腦中閃過了第一次見到小惠的畫面。那時候是在教務處，小惠熟門熟路把他引進了一個小房間裡。對呀，誰說一個處室只有一個房間？他總是在辦公室裡面找，可是小惠真要躲起來，一定是要躲個平常沒有教職員會經過的地方。然而他一走到教務處門口，就知道這個猜想離譜得很，教務處的小房間是拿來當接待室和主任辦公室的，根本是雷區中的雷區。

何博思腳步一換，立刻往一樓的學務處走。怎麼會沒想到呢？連小小的發哥懲處事件都可以鬥起來的兩個處室，分配空間時怎麼可能示弱？教務處有小房間，學務處一定也有。而且學務處所有人的座位都在外層的辦公室，那代表內層的小房間平常一定是空的——

果然，何博思一探頭，就看到小惠歪歪的蜷在裡頭的一張破舊沙發上，盯著手裡一捲破爛的紙頁，眉頭深鎖。

何博思在門口想了想，最後沒有出聲，轉身走了。

小惠並不是不在意段考。她還記得自己小時候考過九十分的，雖然早就忘了哪一科了，但也好，這種小時候的榮譽記得太清楚，反而會讓她覺得很丟臉。要說很在意嘛，她對段考的在意，也大概只有考前一兩個禮拜。唯獨這一小段時間，她會躲在自己學務處的窩裡面，稍微背幾個單字、背幾行解釋。她知道自己回教室上課也沒用，她的泡泡病不會自動好起來。如果用眼睛看，認真背，也許還可以補個三分、五分回來。

差不多到下一節報備的時間了。小惠伸伸懶腰，起身準備往輔導室去，今天下午好像需要人去幫他們貼海報。走到小房間門口時，她看到門把上掛著一個塑膠袋。

裡面是一瓶麥香紅茶。

靠。北七喔。

她翻了個並不生氣的白眼，無奈地拎走了飲料。

*

林尾高中的第一次段考排在三月下旬，接近考試的那一陣子，整個教務處又進入轟隆作響的忙碌狀態。三個年級、三個類組，再乘上每個類組的科目，總共有四、五十份考卷，這些考題的電子檔都要在考前一個禮拜送到教務處。橫在牆上的行事曆黑板上標明了截止日。到了那天，張組長先是給了何博思一份各類各科的出題者名單，隨後又補上一份全校課表的電子檔。

「你今天下班以前的任務就是跟他們talk talk，一個都不可以漏。電話沒接就傳LINE，已讀不回就去教室堵他，知道嗎？」

張組長平常交辦工作吊兒郎當，難得叮嚀得這麼仔細。何博思一開始還覺得張組長大驚小怪，不過就是提醒老師們交考題上來嘛。等到實際聯絡下去，才知道事情比他以為的麻煩得多。哪一份考卷由哪位老師出題，是上學期初就排好的。但距離現在已超過半年多，不少老師早就忘了還有這檔事。何博思每聯繫一位，就在名單邊上註記出題狀況，承諾已經完成的就打個勾，提醒他們盡早寄來教務處。結果一輪掃過去，總共也才七、八個勾。大多數人都是用一種如夢初醒的語氣說：「哎呀，我快出完了，再稍等我一下。」甚至還有直接一句：「我有課，不說了。」就掛掉電話的。搞得好像是何博思在上班時間打來喇賽一樣。

何博思無奈地拿著名單回報：「組長，他們說……」

「不用跟我講，我的信箱沒收到以前，什麼都是假的。你就每天催一次，催到全交為止。」

「好的。」

「照三餐煩死他們。」

何博思心裡一陣暈眩。原來行事曆真正的意義是標明哪一天開始催東西啊。如果連段考考題這麼重大的文件都能拖，平常的紙面作業自然就更不在話下了。

在這裡待了一個多月，何博思發現林尾高中跟他以前對私立學校的想像差距非常大。他總以為私校的氣氛應該非常嚴格，成績當然優先、其次就是各種生活常規。然而，雖然每個人嘴上都掛著嚴肅、認真、紀律，反覆唸誦到連發哥都會邊擦桌子邊哼這幾個詞了，但全校大概只有發哥是認真以對的。ㄇ字形的三棟大樓之間，瀰漫的其實是一種外張內弛的氣氛。嚴格的樣子是要做的，真正的嚴格倒是未必。而如果只需要樣子的話，那就專注於門口衛哨的儀隊服、校務會報上的宣示，還有師父經過的時候就好。

何博思第一次試教，是講日治時代的歷史，鄭老師分了一堂自己的課給他。上台前一天，鄭老師召他去辦公室聊聊。沒想到鄭老師既沒跟他討論課程內容，也沒問他發哥的狀態，劈頭就說：「你平常都在教務處忙，有件事你要注意一下。你知道，師父有時候會在校園裡面巡，如果看到有同學在睡覺……嗯，我們大家都會很不好過。」

「好的，我會注意同學的情況。」

鄭老師露出了老尼的淡笑：「只是注意可能不太夠喔。」

「我有準備一些影片……應該會讓同學覺得，還算有趣吧？」

「如果可行，我也不會特別跟你說了。你這幾個禮拜見過誰上課開投影機的嗎？」

「欸？我記得每間教室都有……」

「對，但沒人在用。因為幾年前呢，我們剛裝了投影機，很多老師開始用ＰＰＴ上課。師父巡堂看到，大發雷霆，說這樣把他的愛徒都教笨了。他在校務會報上點了被他看到用投影機的所有班級，問他們為什麼不抄板書？這樣怎麼以身作則，讓愛徒認真抄筆記？所以啦，從那天起，如果上課要開投影機，要先寫一張申請單給教務處。」

申請單——他想起來了。小惠幫他整理文件時，在一個鏽到快垮的櫃子裡，有找到一疊「班級投影機申請登記表」。如果何博思不是因為小惠難得露出困惑的表情，調侃了幾句「妳也有不知道的事啊」，大概也不會對它留下任何印象。

這倒是很有師父的風格。

「所以啦，在這裡當老師，首先就是要耐得住無聊。沒辦法，你教得太活潑，還會有人嫌吵，覺得你班級經營不行呢。」鄭老師語調平穩，竟能把這些話說得毫無情緒：「那我們當然也就沒什麼立場要學生一直清醒啦。所以呢，我帶的班，都有個特殊默契。你知道就好，別往外面說。」

「當然的，謝謝您願意指點。」

鄭老師滿意地點了點頭：「班上最靠走廊那排的最後一個座位，那是班長。他是認真的孩子，辦事也伶俐，他會負責注意走廊上有沒有人巡堂。如果師父的輪椅經過，他就會舉手問你：『老師，這題可不可以再講一次？』這時候你可以回答：『好，這題大家要特別注意。』這是一丙的小暗號，聽到『特別注意』四個字的時候，他們會把自己鄰座睡著的同學叫起來——沒醒的，就後果自負啦。」

何博思努力不讓自己的眼睛瞪得太大，但震驚的表情大概是沒辦法全部掩飾的。他腦中閃過第一天上班，張組長開玩笑地說要他負責「把風」的畫面。沒想到這在鄭老師班上並不只是個玩笑。雖然沒有親眼看過，他卻完全可以想像這套默契運作的樣子。對學生來說，這等於是鄭老師默許了上課睡覺，作為交換條件的是，學生必須完全配合這套預警系統。要讓學生無條件聽話很困難，但只要鬆動一點規矩作為籌碼，學生也不會讓老師難做事的，畢竟老師已經施恩在先了。

在這裡教書，就職業上來說，似乎還比何博思之前待過的公立學校要輕鬆多了。

何博思回到教務處，小惠跟發哥看起來都已經在那邊轉來轉去一陣子了。因為最近要處理的都是段考的業務，不能讓學生經手，所以他都沒再派公差給他們了，任著他們愛去哪裡就去哪裡。不過好像越是這樣，他們反而越不愛亂跑了。

何博思把出題者名單反摺起來，隨手塞到抽屜裡，看了小惠一眼。

「不錯吧，教務處的風景還是比學務處好看齁。」

小惠癟了癟嘴：「靠，我還想說要來幫忙，結果一開口就嗆我。」

「在這麼大的校園贏一次捉迷藏很困難耶，你讓我多囂俳幾天會死喔。」

「行。是滿會找的啦。」

「是不是。」

小惠嗤了一聲：「也只不過是找到我而已啊，還嫩啦你。」

何博思心裡閃過一絲什麼，但模模糊糊的，很快就擱下了。

「什麼嫩，妳以為只有妳會躲喔？我小學的時候就會了啦，一個禮拜沒有人找到我好不好。」

「聽你在屁。而且才一個禮拜，你找我找多久。」

一邊拌嘴，但小惠手上可沒有停下來。何博思沒有給她任何指令，她就已經把今天教務處的公文都送過來了，有些是要等主任或組長蓋章的，有些是已經執行完成要歸檔了。何博思隨手翻了幾份公文，稍微在筆記型電腦上註記了幾筆可能會跟他有關的業務；這段時間，小惠已經開始把某個鐵櫃裡的舊公文拖出來了。

這是小惠自己給自己的工作。大概是因為藏在教務主任的辦公室深處，從來沒人想到要去整理的關係，教務處的那排公文櫃非常混亂，看起來像是幾百年沒動過一樣。她在學務處有整理舊公文的經驗，那裡可是先把公文影印備份之後，再照著年份和類別各自收進「正本」和「影本」的卷宗夾裡，依次收好的。哪像教務處的櫃子，別說沒有影印備份了，裡面的順序好像洗過三輪的撲克牌一樣，要是哪天督學什麼的要查公文，弄丟可就搞笑了。她指揮發哥抱來一堆新的卷宗夾，那是她要何博思去跟主任請下來的。小惠估量一下剩餘的時間，抽了一疊差不多的分量，便開始了她分類、發哥貼標籤的流水線。

經過何博思座位的時候，她看到他正盯著一份文發呆。

「欸，你看完要歸檔的直接給我，不要亂塞。」

何博思沒說話，看得十分專心的樣子。

「有沒有聽到啦。」

「喔。」

小惠瞄了一眼，她當然知道眼睛要看哪裡才是重點。文的主旨是「活動中心大樓設計變更案」。這不是總務處的業務嗎？怎麼會分到這裡來？她見何博思沒反應，探頭多看了幾秒，才大概明白是怎麼回事。新蓋的活動中心呢，目標是在這學期內完工，據說師父希望可以在裡面辦今年的畢業典禮。它的二樓有個大禮堂，據說可以容納全校兩千人。一樓的地方，原本是規畫作藝能科教室和幾種校隊的練習室的，但這幾天她就聽到有人在講，師父去巡了一圈，覺得一樓隔成一個一個小間，作為門面，太不氣派了，想要全部打通。

這樣就說得通了，這幾個可能被刪掉的藝能科教室歸教務處管嘛。

「超衰，教務處要哭哭囉。」她碎碎念了一句，就走回自己的工作檯去了。發哥小心翼翼地把寬膠帶裝到了膠台上，獻寶似地拿給她看。

「好，你乖，開始吧。」

但小惠不知道的是，何博思之所以這麼注意這份文，是因為他看到的東西，和他上禮拜在校務會報裡聽到的好像不太一樣。那天總務處有請包商來學校簡報，那是林尾高中的關係企業，師父也是他們家最大的股東。他不確定自己是不是記錯了，但他印象中，當師父問他們可不可以拆掉一樓的幾個隔間牆面時，包商的回答是「有安全疑慮」。然而今天這份文卻已經定案了，牆看起來確定要拆了。

不過他不懂建築，也許就是記錯了吧。他把文整理好，連同「活動中心大樓設計變更案」一起放到了張組長的桌上，然後把張組長的「代為決行」印章壓上去。這樣張組長一回來，就會知道要優先處理的，是這批新的公文。

作者 BoThink (BT) 看板 shen-ru
標題 [第三夢]
時間 Mar 13 10:47:26 2019

「所以你有看到嗎」
沒有 諮商小間
他們進去之後 門都會關著

「那也許她誣賴主任呢」
為什麼

「人家都當到主任，有家有室了」
又怎樣

「人很難講，小孩子也會騙人」
他們就不會騙人嗎
妳知道他們說什麼嗎
他們說從來沒輔導過GK耶
我看到鬼是不是

「我只是不想你被騙」
我已經被騙了

「你是實習的，安分一點就是正式的了」
「忍耐一下不可以嗎」
「這就是社會現實」

忍耐 社會現實 安分
爸走後妳不就是這樣過嗎
妳現在有覺得過很好嗎

不然我再去找一個月薪四萬五的工作嘛

然後我就在夢裡害怕了起來。

--
※ 發信站: 批踢踢兔(ptt2.cc), 來自: 29.352.264.180

4　阿翔

兵荒馬亂的段考考題，總算是在考前三天收齊了。那三天何博思吩咐小惠顧好發哥，這幾天內都不准踏入教務處一步。發哥沒什麼反應，反正只是少了一個地方講笑話，沒事的時候他就躲在保健室。小惠倒是不太甘願，整天在LINE群組裡面問候印考卷用的印刷室有沒有機器故障，要不要去教何博思一些小技巧。

「故障了也有廠商啦。」

「廠商哪有我懂。」

說是這樣說，小惠也心知肚明這是膨風。印刷室藏在孝親大樓地下室的最深處，平常是不隨意開的，就連小惠都沒進去過幾次，更不可能跟那些機器熟到哪裡去。鎖上的房間裡，有六台速度超快的影印機，平日就算要印比較大量的單張，也頂多只開一兩台。只有在段考時，才有機會看到六台全速運轉的樣子。越是這樣，小惠越想在段考時進去摸摸機器，想看它們織布一樣噴出上萬張印有圖文的紙——她才不在乎什麼題目呢，分個高二高三的考卷讓她印印也過癮啊。

但就算何博思再隨便，這種規矩也是不能通融的。更何況，何博思直接被派在印刷室裡吸了三天的碳粉，他很清楚這可沒什麼好過癮的。

如果碳粉能成癮，全台灣的實習老師大概都至少進過一次勒戒所吧。

忙完第一次段考，這個學期便安然過完三分之一了。何博思也包袱款款，照原來的輪值表換到輔導室去。雖然何博思的直接上司是教務處負責教學人力調度的張組長，但一學期內還是至少要輪過教務、學務、輔導三大處。制度上的說法是要讓新老師熟悉學校行政運作的原理，但實際上的原因是要讓各處室有公平使用免費人力的機會。而不管是哪個處室，大致上都是學期初和學期末最忙。何博思在最沒事幹的學期中被分到輔導室，輔導室的地位如何不問可知。

準備要轉輔導室前，何博思還因為他們推卸照顧發哥的責任，心裡有點不舒坦。不過到任幾天後，也就明白事情何以如此了。比起窗外視野優美的教務處，何博思的新座位窄小得多，背後的窗戶面向學校側面的小巷，沒什麼可看的了。不過輔導室也不需要良好的視野來把風——它被放在逸仙樓一樓的最深處，與保健室隔著廣場遙遙相對，偏遠到連師父都不太來巡堂。

如果政府沒有規定每個學校都要有輔導室，林尾高中大概就會心安理得地裁掉這個單位吧。它的面積只有其他處室的一半左右，除了他以外就只有三位成員，清一色都是女老師，剛好就分配成四張辦公桌和一個檔案櫃，別無他物。這三人要負責全校兩千名學生的諮商和輔導，每個個案不但要面談，還要寫一堆追蹤報告，難怪會很樂意讓學務主任把發哥給接過去。

唯一可與其他處室平起平坐的，大概只有「輔導室內層也有一個小房間」這件事了吧。何博思剛搬進來的時候，四十歲上下、說話輕聲細語的輔導主任告訴他：那是「諮商小間」，裡頭是一張舒服的淺棕色沙發，沙發上有一排抱枕和兩三隻布偶。整個牆面和裝潢都是粉色系的，柔和得像是林尾高中裡的另一度異次元空間。

「為了保護諮商同學的隱私，進這道門一定要敲門喔。」

何博思知道。他對這個小房間再清楚不過了，比如布偶的用途，比如這類結界般的規矩。這都是為了讓學生能安心說出心裡話。

以及，如果必要的話，把學生的心裡話都鎖在裡面，一絲光都不露出來。

上個學期他就是沒撐過輔導室這關。

不過，雖然輔導室的人力嚴重不足，何博思倒比在教務處時清閒多了。既然處室位小職卑，也就沒什麼重要業務。基於隱私和倫理，他也不能去幫輔導老師諮商學生。偶爾需要做些活動道具、印單張或投影片之類的小事，小惠很快就會搶去做。

「不然我要幹嘛。沒做事，你們又要趕我回教室。」

小惠一邊悠哉地把壁報紙剪成一個個花形的飾片，剪完就順手扔給發哥玩。她既不要發哥幫忙，也不在意發哥玩皺了幾個。反正她別的沒有，就是時間多到用不完。現在才是早自習時間，輔導室的三位老師都去開會了，待在這裡，會有一種整個學校都安靜下來的錯覺。除了碎碎的剪紙聲和發哥偶爾的輕笑以外，什麼都不會聽到。

「報告。」

門口忽然響起，這一聲聽起來有點虛弱。但何博思往門口一望，卻是一個與剛才那聲極不相稱的精壯男生。更不相稱的是，這個男生就穿著全套的儀隊服，銀色鋼盔、白襯衫、黑長褲、金屬腰帶和肩上繁複的縷花。即使這男生的表情惶然，衣服和儀態也不若平時嚴整，何博思還是一眼就想起來了：他正是報到那天，在校門口被何博思捉弄到罵了髒話的糾察隊員。

＊

阿翔躺在寢室的床位上，睜眼瞪著上鋪的床板。距離起床哨還有半個多小時，但他已經睡不著了。準確地說，這個晚上他幾乎沒怎麼睡，親眼看著寢室從全黑到漸漸有微光。現在他已經能稍微看清楚床板上的塗鴉了，最大的三個字就是「幹拎娘」，接著是幾個「〇〇是智障」之類不認識的名字。

這是一間十六人的寢室，由兩排雙層的床鋪組成。在這棟宿舍裡還有二十多間同樣的房間，阿翔所在的這間都是高一的，正對門則全都是高三的。

事實上阿翔的家距離林尾高中並不遠，不過就是公車五站的距離，本來是不需要住校的。但他高一入學之後，就全力爭取加入糾察隊，終於在上學期末通過考核成為預備隊員，因此必須強制住校，也要從寒假開始實習怎麼站哨。那是他周鈞翔夢想成真的時刻，他之所以報考林尾高中，就是因為這個學校的糾察隊跟別校不一樣，舉手投足特別有威嚴。這種威嚴不是憑空而來的：糾察隊直屬於教官，內部採軍事管理，教官之下就是學長學弟制，這一切很對阿翔的胃口。

因此，雖然早自習、午休和放學的加強操練後，他會跟其他預備隊員一起幹聲連連，但他心裡其實是洋溢著幸福感的。每一次被罰跑操場、每一次在大太陽下伏地挺身到暈眩，他都感覺自己身體某處多添了一小塊鐵甲。千錘百鍊之後，他就會成為一個鋼鐵般的戰士。然後，他就要去報考軍校，加入特種部隊。他在YouTube上搜尋過很多次了，他的人生目標就是加入「海軍陸戰隊兩棲偵搜大隊」或「高空特種勤務中隊」（他是絕對不會用「蛙人」這麼不專業的稱呼的），穿著帥勁的制服、全身披掛高科技的戰鬥裝備，在海裡或山間潛伏滲透……

然而，他深深害怕這個夢想將在今天中斷。

他的耳朵一直注意對門的高三糾察隊寢室，卻沒有聽到什麼特別的動靜了。他把手伸進口袋，握住自己的手機，手機裡面有幾張照片，就是拍對門那間寢室的。照理說，住宿生的手機必須在就寢前鎖在舍監的保管箱裡，但他從這學期開始，就得到教官的特許，可以整晚都帶著手機。

起床哨音響了。整棟樓騷動了起來。

阿翔坐起身，假裝一如往常地著裝。十分鐘之內，他就盥洗完成、換上儀隊服、掛上預備隊員的肩章，前往教官室領槍。今天剛好輪到他在校門口站哨。手機插在長褲的後口袋，薄薄的機型和繃得筆挺的耐磨布料幾乎全然服貼，沒有人會注意到。但阿翔的心思全在上面，他必須在站哨和早自習結束之前，做好決定。

一個小時之後，他走下衛哨的鐵格子，稍微扭了扭痠麻的腿腳，隨著大家一起收隊回到教官室。他跟平常一樣，認真和每一個學長問好，但卻不敢去認他們的臉，特別是扛著三年級隊員肩章的。還槍之後，他先去了一趟廁所，把自己鎖在其中一個格子裡，抽出手機盯著時間流逝。算算差不多了，他才再回到教官室，果然所有糾察隊員都已經離開了。他深呼吸，走到穿著空軍水藍色制服的主任教官身邊。

「報告教官。」

阿翔把手機遞給了教官，按開的畫面就是相簿。主任教官拿過去，仔細端詳了那幾張照片。那是從阿翔所在的一年級寢室方向拍過去的，相機的視線越過走廊，穿進了三年級寢室裡。寢室中有四個人圍成一圈，其中兩人的臉非常清楚地被拍到了，剩下兩人側背對著攝影者。但不管是哪一個，他們都一手拿著一條細細長長的紙捲，鼻子湊在上面，吸著另一手中盛有白粉的塑膠盤。

「謝謝你。你做得很好。」

主任教官用傳輸線把照片存起來，跟他說可以回去上課了。話說完，主任教官就坐回了自己的沙發椅裡面，開始批起了公文。

就這樣？沒有其他安排嗎？阿翔雖然早就有點預感，但真的面臨到了還是手足無措。教官沒想過接下來他要怎麼辦嗎？

「教官……」

「怎麼了？你還有看到別的嗎？」

「報告教官，沒有了。」

阿翔千頭萬緒，卻不知道該如何問起。他在糾察隊還待得下去嗎？教官會保護他這個證人嗎？教官會拿照片出來當證據嗎？如果會，學長會怎麼對付一年級寢室的十六人？就算他們被退隊了，不再是學長了，會用什麼手段對付他？他應該去聯絡國中畢業之後，就很久沒聯絡的那群在混的朋友嗎？如果在校外打起來了，會不會連他也一起被退隊？那一瞬間連續冒起的問號像層層推進的海浪一樣，打碎了本來很安穩的夢想，他有種功虧一簣的虛脫感。最終，他只能結巴地吐出一句：

「教官，我是好學生對不對？」

主任教官笑了，點點頭：「你做得很對。」

阿翔也聽話地點點頭，不知該如何繼續往下說了。

上課鐘聲不久前才響過，他離開教官室，茫茫然地往教室走。他是一年戊班的，教室就在逸仙樓一樓的倒數第二間。他知道，幾個小時之內他都是安全的。但他已經做了選擇，所以這樣的安全不可能維持太久。一開始他就知道了，開學第一天，主任教官找他去談，問他有沒有聽過「紫錐花計畫」時就知道了。主任教官給阿翔的任務很簡單：教官懷疑高三糾察隊裡有人吸毒，要他監視，用手機蒐證。

阿翔恨毒品，即使他國中就認識不少有在拉K的人，他還是恨毒品。本來他對別人怎樣也不大關心，只是自己不用。因為他相信，要當個堂堂正正的軍人，就要有堂堂正正的體格和堂堂正正的道德。他知道當兵要體檢，他也相信當個特種部隊要經過更嚴格的體檢，他可不希望自己入伍那時，因為好幾年前吸了一管什麼而被汰除資格。他要自己從心到血都乾乾淨淨，像是白色頭盔那樣發亮。

但在國二的某一天，全校大安檢，他的書包裡竟然搜出兩袋不知名的白粉。那次學校沒有報給警局，他只是被記了過，沒幾個月就讓他銷過了。然而讓他憤怒的是，不管他怎麼跟班導解釋那兩袋與他無關，他們都會搖搖頭：

「周鈞翔，你要說實話，老師才能幫你。」

「我說的是實話。」

「是嗎？」女班導輕蔑的目光從眼鏡後穿過來：「你別以為我不知道你平常交的是什麼朋友。」

屈辱感衝上阿翔的腦門，他脹紫了臉，拳頭不知不覺握緊了。

班導嚇退了兩步：「你想幹嘛？不要以為你壯，你再動一下我就報警！」

看著班導戒備的神色。那一瞬間，不知怎麼的，阿翔突然明白了。問題出在很荒謬的地方：他們不相信自己是個不吸毒的好學生，是因為自己長得不像個好學生。他沒有戴著纖細的眼鏡，把襯衫紮進褲子裡。而且他還比所有人都高一個頭，都壯個一圈，聲音和手腕都粗到很會打架的樣子。所以，他怎麼可能不是壞學生。

他甚至自己都覺得班導的想法有點道理了，他真的會打架，而且沒怎麼輸過。那他怎麼可能沒有吸毒？

要解釋這些對他來說太複雜了，所有想法在腦袋裡衝撞打結，找不到話說出來。最後，他只能想辦法自己吞下去，然後把一切轉成對毒品的恨意。

就像後來主任教官派任務給他的時候一樣。

阿翔進來林尾高中之後，這麼努力當個好學生。他甚至成為了糾察隊。

「這是為了糾察隊的榮譽。」主任教官說。

如果為了糾察隊的榮譽而在糾察隊待不下去，那這榮譽還屬於他嗎？

他最後還是答應了，不只是出於榮譽，也出於恨。

現在就是當時預料到的結局了。全都是他自己選擇的，但他還是有種想哭的感覺。走回教室的路上，他的心頭幾乎都被這些往事給佔滿。等他發現的時候，他早就超過了一戌的教室，走過頭了。他抬頭看見「輔導室」的牌子，腦袋「嗡」了一聲。阿翔從不覺得自己跟這個地方會有什麼瓜葛，但它此刻卻散發出一種吸引力。

反正他也不想就這個樣子回教室。

「報告，」他邁步，探頭進輔導室，艱難地說：「報告，我……我找輔導老師。」

輔導室裡的三個人立刻轉頭過來看著他。三個人裡面，只有一位是老師。那位男老師上前招呼他的時候，他覺得對方有點眼熟，然而想不起來在哪裡見過。不過只要是老師的話，總是要進出校門，受過他敬禮的吧。男老師自我介紹叫作「何博思」，他一聽這名字就覺得古怪，哪有人取名取作Boss的。雖然他的英文很差，但他相信外國人聽到這名字一定會笑出來的，這就跟自己改名成「周大ㄟ」一樣北七。

何博思聽了他的來意之後，露出了猶豫的表情。停頓幾秒之後，何博思才開口：「沒關係，雖然我不是輔導老師，但我可以跟你聊聊天，陪你等輔導老師回來。」何博思打開旁邊的一個小房間，示意阿翔在沙發上坐下，一面轉頭囑咐：「小惠，他們回來的時候跟我說一聲。」

「行！」一個令阿翔有點不舒服的國語女聲答道。

何博思在阿翔側邊坐了下來，兩個人呈L型面對一張矮桌。這個房間裡的顏色太粉了，沙發也軟得不像話，旁邊的幾個布偶更是超過，娘到讓阿翔很不自在。他幾乎立刻就後悔了，他來這裡幹什麼呢，主任教官都不能解決的問題，這個娘娘腔的輔導室可以解決嗎？然而那個名字古怪的何博思認真地注視著他，穩穩地吐出了三個字：

「還好嗎？」

話音傳入耳朵，阿翔心底一抽。他衝動地反問了一句：「為什麼當好學生這麼難？」接著，連他自己也猝不及防地，猛然哭了出來。

*

那之後，阿翔也成為了何博思底下的第三位小組成員，他的窩——雖然他總是用「據點」這個詞——就是輔導室裡的諮商小間。當然，是在沒有其他個案要來諮商的時候。那一天他在何博思面前哭得像是一條融化的巧克力，直到兩節課後，輔導老師回來接手了，都還止不住。

何博思本來就不擅長處理哭泣的人，更何況哭得這麼悽慘的，還是一個比他壯了一號的大男生。阿翔肩章歪斜，頭盔也解下來滾在一邊。幸好他看起來有很多話憋在心底，所以不怎麼需要諮商技巧，自己就會源源不絕地說話了。聽著阿翔從國中時受的委屈講起，何博思其實沒把握分辨哪些是真話、哪些是假話，但他感覺得出來，如果這時候再有人露出一絲懷疑的神色，阿翔可能會崩成更碎更小的一攤散沙。因此，他不厭其煩地重複：「是的，我相信你」，「沒錯，你很努力了」一類的話。

話是說得很堅定，但何博思越聽越確定自己什麼忙也幫不了。去年的經驗已經讓他明白，要教官收回成命是不可能的，阿翔從一開始就是主任教官可有可無的棋子。就算輔導室介入，教官室頂多也只會在校務會報上保證阿翔在校內的安全吧，別說校外他們管不到了，這種保證對於阿翔這種全日的住校生來說，也一點意義都沒有。

出人命可能不至於，但免不了吃上苦頭了。

讓何博思覺得又心軟又好笑的是，阿翔每說一陣子的話，就會開始喃喃自語：「我要不要打電話給龍哥？他們應該還是會罩我吧？」接著又會說自己是好學生，他不想再跟那些混幫派的當朋友，也不想再打架了。說到打架，他會突然充滿信心：「其實真的要打，我也不會輸的。」不過這個信心很快就會被「好學生」的執念摧毀，如是反覆，再次回到原點。

何博思這輩子從沒見過這麼堅持要當個好學生、又在這層面上如此笨拙的學生。

阿翔比誰都認同那些規矩。可是那些規矩就像一道狹窄的鐵窗，他壯碩的身軀無論多認真都擠不進去。

最終在輔導室的斡旋之下，教官室承諾他們會加強保護「證人」，然而還是沒說會不會拿那張照片跟高三的吸毒學生對質。同時，教官室和輔導室達成協議，由於周鈞翔心理壓力過大，所以暫時停止他在糾察隊的勤務，等下學期再恢復隊員職級。

就是要阿翔避避風頭，等高三那批畢業的意思。

阿翔接到通知的時候，又在諮商小間裡大哭了一場。小惠忍不住嘀咕：「到底是多愛哭。」何博思瞪了她一眼，小惠癟癟嘴收住了聲。裡頭的輔導老師跟阿翔提了兩個附帶條件，一是他可以保留全套的儀隊服，直到下個學期復隊為止；二是如果他需要，隨時可以到諮商小間來，找何博思報到。

後面這條，當然就是輔導室跟何博思橋出來的。

這樣輔導室又能夠就近看管，又不用正式建案，少掉一堆麻煩的個案報告。

「謝謝你，你對學生的愛心很適合輔導室。」輔導主任說，腔調輕軟到已經無法分辨她是天生如此，還是演技過度純熟。

何博思謙辭了幾句，內心只能苦笑。

小惠則在旁邊扮了個鬼臉。

阿翔被加入通報行蹤的LINE群組之後，立刻變成小組裡面最積極的人。本來的規矩是每堂鐘響，如果人不在教室，就要回報自己的位置。但阿翔就算是上課時間，也會回報這堂是什麼課。他的回報次數最多，但行蹤遠比小惠和發哥單純許多，因為他根本沒有在出公差，只會在心情不好時躲到諮商小間裡而已。幾次之後，小惠就開始跟他拌嘴了。

阿翔：我在上英文課
小惠：我沒在上英文課
阿翔：？？？
小惠：>o>
阿翔：針對我喔？
小惠：沒有啊我對你笑欸
何博思：好了啦，小惠妳在哪

小惠：學務處要做獎狀

大概是認識第一天就徹底大哭過的關係，阿翔在何博思面前，並沒有他在其他人面前那麼ㄍㄧㄥ，甚至有點依賴的味道。一陣子之後，何博思才會意過來：阿翔之所以鉅細靡遺地報告行蹤，其實是在「報平安」吧？這樣如果他出了什麼事，才會有人第一時間發現。

明白了之後，何博思也不點破，只是當著大家的面誇了誇他。

「你看人家學弟多乖。學一下好不好。」

「好！」發哥大聲說。

阿翔靦腆地笑了一下。

小惠立刻就翻起了白眼：「你好什麼東西。」

阿翔交出手機截圖後一個禮拜，就正式離開糾察隊，也從宿舍搬回家了。回復通勤生的第一天，阿翔最後一節課早早跑到諮商小間待著。何博思在鄭老師課堂上觀課，回到輔導室才發現他。

「老師，今天我們家的人不會來接我。」

何博思一開始還沒聽懂，一邊收東西：「喔？」

阿翔沒有繼續往下說，但用一種小動物般的眼神看著何博思。何博思搔了搔頭，這才想通他的意圖：他不敢自己回家——怕在路上被堵吧。在幾秒之間，何博思心裡轉過一堆念頭，他應該回應嗎？這顯然不是長久之計。可是阿翔除了找他，還能找誰呢？找他說過的那個龍哥？會不會就在這一念之間，阿翔的人生就分岔到另一個遙遠的端點去了？桌上的蝸牛布偶表情不變，好像在說「你又來了」或「我就知道」。

何博思嘆了一口氣：「你家在哪？我有多一頂安全帽。」

坐上了機車後座的阿翔心情很好，開始跟何博思說起他當兵的夢想。他問何博思知不知道，操場的角落有一個沒在用的沙坑，裡面埋了一堆碎石塊？何博思「嗯哼」了一聲，阿翔就滔滔不絕地說下去：他看過YouTube，他以後想加入的「海軍陸戰隊兩棲偵搜大隊」的結訓要爬「天堂路」，就是光著上半身爬過碎石路，只有真正的硬漢才能爬過去。所以，他之前就趁午休太陽最烈的時候，偷偷跑去沙坑那裡練習爬天堂路。

「真的很難。」阿翔陶醉地說：「所以我練習了好幾次，一開始還會流血，後來就不會了。」

「你也是滿誇張的。」

說著說著，阿翔話鋒一轉：「老師，你有外號嗎？」

「什麼外號？欸你坐正，車子會晃。」

「那我幫你想好了，你叫『何博思』嘛，那我們以後就叫你Boss好了，反正你是我們的老大。」

何博思大笑。這比張組長初見面的冷笑話好多了。

「所以你ＯＫ齁？你ＯＫ我就跟小惠講，就這麼決定了。」

話音才落，何博思就感覺到四周不太對勁。後方有三台機車徐徐逼近，而何博思本身已經超過時速五十公里了。後方的機車不斷閃動大燈，繼續逼車過來。

「抱好，不要抓後面。」

何博思話才出口，就被自己緊張的聲線弄得更加緊張了。

阿翔也立刻明白發生了什麼事，聽話抓緊何博思的腰。他們現在離開林尾高中已經有一小段距離了，但還沒到火車站附近的鬧區。這一整段路是非常平直的四線道，沒有什麼可以閃避的地方。更何況，何博思可沒有把握對地形熟到可以穿街走巷躲過他們這些在地的小鬼，就算有巷弄也不敢拐進去。

要停下來講開嗎？

如果他們前幾天會忌憚父母，是不是也會忌憚實習老師？

然而事情變換的速度遠不是內心的盤算可以趕上的。何博思的騎車技術普通，很快就被追上，一左一右各一台車平行夾住他們，惡意的嬉笑聲近得就像在耳邊一樣。何博思一咬牙再催油門，不料左斜前方刺出第三台車，正好卡在何博思行進路線上。他只來得及鬆油門、按煞車，已經無法顧及車子的平衡了。於是，在高速急停的狀況下，何博思和阿翔的機車立刻打滑，整台車往左面傾倒，把他們兩個甩上了路面。在何博思失去意識之前，只聽到幾聲驚叫聲，以及自己的機車完全失控，餘勢未衰地掃向右前方的巨響。

*

一顆球。是撞球。

一顆球穿過檯面，把一梭各色的撞球打散，像一場三維的煙火。

又或者是保齡球。

被打散的瓶子像過瘦的企鵝，互相絆倒之後，在冰面上打滑。

又或者是高速旋轉的輪胎，有時立著有時橫著，成了一團球狀的黑影，帶起的風角稍微掃一下，就撂倒了整路的機車——

何博思睜眼，是夢。不像電影裡演的那樣，他沒有坐起來喘大氣，只是整個身體還殘留著夢裡帶出來的速度感。

但不是噩夢。不是需要寫在ＢＢＳ上的那種夢。

他沒受什麼重傷，很快就從醫院返家休養。請假的這幾天，他每天都會做一個自己被高速甩脫、撞上什麼東西的夢，就像是那天車禍的重播一樣。每次驚醒，膚表都會有幾星正在逃逸的高熱，好像剛才真的在大氣層裡劇烈摩擦一樣。

窗簾透進了一點光，看來時間不早了。

他覺得自己沒發出什麼聲響，但還是驚動了母親。她很快端了鹹粥進來，趁著他小口喝粥的時候，坐在床頭邊，幫他把藥片一粒一粒拆開擺好。

「媽，我自己來就好。」

他想翻身下床，不過母親比他更快，按住了棉被一角：「你多休息。晚點學校有老師要來看你，你再起來。」

何博思聽話地點了點頭。開始實習以來，每天都是趕早出門，一個禮拜也沒幾天回家吃晚餐。母子二人雖然住在一起，卻也想不起來上次這樣對坐是什麼時候了。和著最後一點粥，他把含在口中的藥片吞了下去，最後再補點水。母親看著他，忽然伸出手摸了摸他的頭，短髮搔過手掌發出一點刺刺的聲音。

「當老師好像也沒人家說得那麼好呢。」母親輕聲說：「其實啊，找什麼工作都好，也沒有一定要怎樣才算有出息。」

一股危險的熱流湧上了何博思的鼻眼之間，他費了好大的力氣才勉強把它壓在額頭裡面。以前在學校裡念師培的時候，就常常聽人說，教學現場跟理論畢竟是不一樣的。但當時怎麼也沒有想到，這不一樣原來是這麼不一樣。如果能回去提醒大學時的自己，何博思應該會告訴他：你命格跟輔導室犯沖，有多遠你就躲多遠。這樣子在心底對自己搞笑一下，終於比較有把握發出平穩的聲音了。

「沒事啦。」

午飯過後，張組長到家裡來。一陣熱鬧的招呼之後，張組長堅持何博思不用出來客廳，他們在房間裡聊聊就好。

「病人就該多休息，」張組長笑嘻嘻送上一盒水果，以及一盅小巧的保溫鍋：「這是師父指定的，要『感謝你對徒兒的付出』，請你吃水果和豬腳。」

「謝謝……不過豬腳是哪招。」

「吃腳補腳囉。怎麼樣，還好吧？」

「好多了，下禮拜應該就能回去上班了。」

「太好了，看起來你狀況不錯。接下來就是比較嚴肅的部分，關於這件事的後續。」

何博思坐直了身體，他知道這才是今天的正題。下午兩點鐘，張組長能來這邊，一定是一個下午的公假，這趟「公出」不會是平白無故的。

「有兩件事。第一件，教官室問過學生了，他們說他們不知道騎車的是老師，如果知道的話，他們就不敢了……雖然聽起來有點白目，不過我覺得他們還算是有點悔意。我想你可以想像，周鈞翔這幾天氣壞了，要不是主任教官按捺他，他大概已經報警了。但站在教育的立場上，我想大家都不希望小孩子年紀輕輕就有案底。所以這件事情……我想聽聽你的看法。」

張組長頓了一下，換上比較輕鬆的語氣：

「第二件，這件事情大家都很佩服你，也很同情你的狀況。無論如何，你都是出於保護學生的立場，這點很感人。不管你想怎麼做，我們都會支持你。師父在校務會報下令了，你的事情，我們直接動用學校裡的急難救助金，我們知道實習老師沒薪水很辛苦的。醫藥費當然我們負責，那台機車學校也包了，不用單據報帳。」

說著，張組長直接從包包裡抽出一封厚厚的紅包。

張組長這一席話，聽得何博思心裡泛起一陣煩膩。先是水果和豬腳，接著是一封不需報帳的紅包，學校方面的意思很清楚了：他們希望這件事趕快了結過去。何博思完全有立場報警，一旦報了警，車禍這件事還小，阿翔一怒之下把吸毒的事情扯出來，林尾高中恐怕就要在新聞上熱鬧好幾天了。一直對外宣傳的「零霸凌、零毒品」當然會破功，今年高一的招生可就麻煩大了。

何博思當然可以強硬到底。如果再早幾年，他可能會覺得違法就該法辦吧。但他想起了自己在仁光的事情。紅包收不收無所謂，但難道他還要找第三個實習學校嗎？

也是因為他有過那種紀錄，現在才有紅包可以拿吧。

這可是白目才有的籌碼。

他閉上眼，在心底「嗤」了一聲。

然而，早些時候母親的神情，卻又浮了上來。

他暗嘆了一口氣。

「組長，歹勢啦，讓大家這麼煩惱。」

「沒的事，這應該的。」

張組長看向他的眼神充滿試探，幾乎就等於在問「你意下如何」了。

「是這樣啦，我這幾天也想了很多。」何博思努力讓自己不要閃避張組長的視線：「家母有和我討論過，是不是乾脆就轉行了。但我真的很喜歡學生，還是覺得有點可惜。我自己怎樣是還好，我們也都當過學生，小時候就是會白目一點嘛。」

「沒錯，說得太好了。」

「我們當老師的，付出多一點也沒有關係。但我不希望委屈到學生，比如阿翔，他完全是無辜的。我想組長您明白我的意思——」

張組長定了一下，腦中好像轉著什麼念頭。

接著，他笑開了，伸手在何博思肩上拍了一掌。

「哈，老弟，你真的不錯。剩下的我來，你不用操心。」

作者 BoThink (BT) 看板 shen-ru
標題 [第四夢]
時間 Apr 23 10:47:18 2019

他們沒有通報。
在夢裡也是 就像我沒睡著一樣

我立刻就打給保健室和校長室了
從那時候算起
學校有24小時內通報的義務
但沒有

他們說沒有證據
在諮商小間裡發生的事情
只有GK和主任的說法
一人一半 誰也大不過誰

保健室也沒有把GK送醫驗傷
他們私底下在說
只是把手伸進去
驗傷也驗不到的

他們開會的時候則是說
主任根本沒有輔導過GK
因為輔導室沒有這位個案的
任何卷宗
全部
全部沒有紀錄

就像是在夢裡一樣
那一陣子每天看到的GK

我甚至無法反駁
因為卷宗是我整理的。

--
※ 發信站: 批踢踢兔(ptt2.cc), 來自: 29.352.264.180

5 寧寧

隔週週一，何博思準時回到林尾高中上班。扣除他換了一台新車之外，一切幾乎都沒有變化，像是從未發生過任何事情一樣。走進校門口的時候，照例傳來了皮鞋鐵片撞響的敬禮聲，何博思往左邊一瞄，阿翔那張黝黑的臉竟然偷偷扯了一個笑。不過他不得不承認，雖然才幾天沒到學校，這敬禮聲卻已讓他感到一種久違的親切了。

張組長前兩天就傳了LINE來，說一切ＯＫ，阿翔搬回糾察隊的宿舍了。現在不會再有任何人提起要阿翔暫避風頭的事情了，畢竟在六個高三隊員被強制退隊之後，糾察隊現在的人手並不太充足。

時間還早，輔導室裡一個人都沒有。何博思在自己的座位上發了一會兒呆。沒問題的，又過了一關。

如果當時拒絕送阿翔回家，那就不會出這場車禍。不出這場車禍，也就沒辦法逼迫教官室認真處理這件事。什麼都是換來的，什麼都是可以換的。更何況，代價並不貴，現在何博思是那個賣了校方人情的人，是那個配合大家、讓大家好辦事的人。而且他也第一次，真正為學生爭取到比較有分量的東西了。這整件事，於情於理都是最好的結果了。

「大人的方式」。

既然如此，心裡的陰鬱感都是不必要的吧。

——如果要評價自己，自己算是哪種老師呢？

念頭一升起，他卻突然有種不敢再想下去的恐懼感。

第一堂課的鐘聲一響起，何博思的三人小組就鑽進了輔導室。

小惠照例嘴最快：「嗨，何老師您回來啦～」

何博思一挑眉：「看來我多出幾次車禍，妳的禮貌技能大概就會進步到可以接待外賓了。」

「什麼老師，」阿翔瞪了小惠一眼：「Boss啦！」

「Bo你老師啦——」

發哥扯直嗓子：「Boss是老師！沒錯！Boss是老師！」

何博思嗤笑出聲，突然覺得這幾日的陰鬱，純粹只是太久沒來學校跟這幾個小鬼喇賽的緣故，根本不是什麼大不了的事情。一個念頭閃現腦際，半秒之內竟就堅實起來，使他脫口而出：「好啊，反正我本來就討厭聽到別人叫我老師。」

他們三人瞪大眼睛。

「老他老師啦。」何博思說著說著，竟也好像把這個想法深深種在心底了，好像他一直都這麼想一樣：「我叫Boss，你們是跟我的小隊，那就是Boss的小隊，此後就叫B team好了。」

「聽起來好廢，為什麼要叫鼻涕。」

發哥大笑：「鼻涕！」

「不然你們覺得自己可以當A team喔？」

「……才不要，聽起來像拍A片的。」

「我只是講講，沒有真的要給你們選。」

＊

沒多久，阿翔就自動把LINE群組的名字改成「B team」了。這種祕密組織的風格顯然很對他的胃口，如果規定要配戴胸章之類的識別物，他應該會玩得更起勁。而在阿翔加入之後，何博思這支小隊的公差業務，就從比較文場的教務、學務、輔導，擴大到武場的總務處和熱食部了。阿惠再怎麼挑涼的做，也沒辦法阻止阿翔自己出去亂包工作回來。

夏天越來越近，林尾高中也在將近五月左右正式換季，全校都換掉了橘色的運動服外套，平時只能穿短袖制服襯衫或水藍色的短袖運動服。於是，老師們就常常看到水藍色的阿翔拉著板車全校跑，後面跟著笑嘻嘻的襯衫發哥和臭臉的襯衫小惠。

「熱死了啦，這種公差還不如回去上課。」

「好啊妳回去，我幫妳跟Boss說。」

「……你閉嘴。」

阿翔把畫線筒卸下板車，一邊阻止發哥靠太近，一邊往筒子裡倒石灰粉。這是從體育組借來的，平常只有田徑隊需要修補操場跑道的白線時才能看到。阿翔想玩它很久了，今天終於讓他逮到機會，只不過不是畫跑道，而是畫孝親廣場。依照教官的指示，阿翔先指揮小惠和發哥在地上拉出尼龍線，然後沿線開始滾推畫線筒。

對於他這樣以後要加入特種部隊的人來說，就算是下午一點多的陽光，他也不會喊一聲熱的。但小惠可就不同了，做沒幾分鐘就要躲到樹蔭底下休息一陣，還拿蟬蛻之類的東西來引誘發哥怠工。阿翔無奈，他沒辦法一個人又拉線又推畫線筒，也就只好陪他們做做停停，本來他以為二十分鐘可以搞定的小工程，最後弄了超過一節課。

但靠北的是，他們收工回到教官室的時候，小惠卻趁著阿翔把推車收好的空檔，一個箭步踏到主任教官面前，行了一個舉手禮：

「報告教官，任務圓滿達成！」

邊說還邊轉過頭來，拋給阿翔一個促狹的眼神。

幹。偷懶還邀功，不要臉。

但阿翔只能在心裡碎念，在教官面前，他是絕對不想講髒話的。他只好輕輕鞠躬為禮，一邊在心裡安慰自己：小惠行舉手禮是自作聰明，不會看身分看場合，沒用啦。

因此，當何博思收到群組訊息，被他們叫上逸仙樓五樓的時候，看到的是一臉得意的小惠、生悶氣的阿翔，和照例搞不清楚狀況的發哥。何博思當然是假裝沒看到，用一種Boss的節奏緩步前進。正踏上最後幾級階梯時，只見學務主任和一夥人的影子剛好掠過更上方的樓梯。

再上去，沒有教室了啊。主任帶誰上去頂樓？

「你很慢欸，」小惠雙手在頭上交叉擺動：「搖滾區第二排耶，快點啦。」

「第二排？什麼鬼啊。」

「第一排在頂樓，我們這裡當然是第二排啊——」

何博思隱隱知道小惠說的，就跟學務主任一行人有關，但還沒搞清楚她到底在胡說八道什麼，全校廣播就響起了：

教官室報告。教官室報告。

請全校所有班級，立刻著整齊夏季運動服到孝親廣場集合。教官重複，請全校所有班級，立刻著整齊夏季運動服到孝親廣場集合。

報告完畢。

「來、了！」

發哥興奮地把手按在欄杆上，拚命伸長脖子，高度剛好足夠探頭超過五樓的外牆，俯瞰整個孝親廣場。其他人自然不用那麼吃力，只見一波一波水藍色的浪潮湧進了廣場。主任教官站在講台上，廣場的周圍有一個不知幹什麼用的白框，大部分的學生看也沒看就踩了進來，很快就蹭出好幾個缺口。

「會不會走路啊他們，死老百姓。」阿翔嘟囔著：「我們畫到快中午耶。」

不過，大部分的框線都沒有被蹭掉，因為在外框的每個端點上，至少都站著一名教官。他們用略微急促的語氣，喝斥每個班級走到正確的位置上。一、二年級的班級還算熟練，畢竟每個禮拜都還要朝會兩次。但從志清樓一樓走出來的高三班就完全不一樣了，他們上一次參加週會已經是半年前了，整天加課考試，遠遠看都感覺得到他們每個人都是萎萎的。所以，即使他們的教室距離廣場最近，但集合進度是最慢的，何博思他們在這裡站了老半天了，大半班級的隊形都還是散亂的。

「請高三班級動作加快。」

主任教官的聲音從麥克風傳出，聲音有點微微的慍怒。

「請各端點教官協助引導，不要耽誤進度。」

這樣俯瞰下去，主任教官的水藍色軍服和學生的夏季運動服幾乎混成一色，好像哪個學生突然跑上台指揮大家一樣；或者像是廣場裡有上千個空軍教官在團團轉。看來還要等一會兒，何博思涼涼往欄杆一靠：「主教今天心情不錯嘛，集合這麼慢沒罵人。」

「他才沒那麼笨啦。」

「啊？」

小惠露出一副「你也很笨，我懶得解釋」的表情。於是何博思轉向阿翔，阿翔左手往上指：「Boss剛剛沒看到嗎？」

「看到什麼？學務主任喔？」

「嗯。還有記者。」

「記者？」

小惠插嘴：「對呀，不然幹嘛把高三也叫出來。」

小惠這麼一說，何博思才意識到今天真的不大對勁。距離指考不到兩個月了，照理說在任何學校裡，高三生現在都是金身護體才是。就算哪個高三生出去把人打進醫院，學校都會用最快速度擺平事件，然後好說歹說把人請回教室繼續念書吧。像這樣在上課時間，把所有學生拉到廣場上集合，實在是很奇怪的事情。何況林尾高中是私校，成績連業績，業績連招生，更不會無故浪費時間才是。

「所以今天有什麼重要的事情嗎？高三生出來，還把記者叫來——」

「有喔，超重要的你都不知道。」

小惠咧了咧嘴。

這時候，何博思再轉頭看出去，先是一愣，繼而握拳抵住嘴唇，在喉頭裡悶悶地偷笑了起來。

終於集合完成了，整面孝親廣場看起來變得井然有序。只是底下的學生並不是排成朝會那樣，單純的集合方陣。他們聚集成了水藍色的區塊，填滿了B team三人組畫的白框，並且中間偏左的地方，還有一條白線貫穿隊伍，構成了一隻豎起大拇指的右手。這個圖樣，任誰看了都能一眼認出來。

這是一個Facebook的「讚」。

這就是出動了學務主任陪同，教官室指揮，請了記者來拍攝的，用包含高三生在內的全校學生人體排成的，活生生的Facebook.jpg。

這樣望下去，還真不知道該算是高畫質還是低畫質。

接著，幾名教官手忙腳亂地從板車上面卸下一張巨大的橫幅。橫幅的主色也是水藍色，顏色非常鮮豔，看起來是最近才去大圖輸出的。橫幅完整地在「讚」的正下方拉開，是幾個比樹幹還粗的字：

為林尾高中按讚！

「幹。靠北喔。」

「ㄏㄡˊ，Boss你罵髒話。」

「還一次罵兩個。這麼好的view餒，早知道不帶你來搖滾區了。」

反正也沒有其他人，何博思懶得抑制自己的白眼和蔑笑了：「記者拍這個是要幹嘛啦？」

這次連阿翔都跟小惠一起聳肩了。

這大概就是林尾高中今年度招生的特別企畫了吧——

正當何博思慢慢消化了眼前的情況，開始思考這種宣傳手段到底可以招到哪種學生的時候，最靠近志清樓的一個高三班似乎起了一點小騷動。那是在大拇指最頂端的位置。五樓太遠了，看不太清楚發生什麼事，只見兩、三位教官很快地圍了過去，好像正在責問什麼人。何博思必須非常非常認真分辨，才能看出教官圍著的是一個橘色的身影。

是一名沒有換季，還穿著冬季的、橘色的長袖運動外套的學生。

「啊！」本來一派笑臉的小惠突然變了神色：「糟糕了！」

話音才落，一位女教官伸出手推搡了那道橘色的身影，並且發出了一陣模糊不清的斥罵聲。被推的學生身子晃了一下，又站回原地，不知回了什麼嘴。只見教官斥罵的聲音再度上揚，並且伴隨更激烈一些的拉扯。最後，橘色的學生做出了就算B team在五樓，也能看得清清楚楚的動作：它稍微低下身子，用肩膀撞開了正前方的女教官，然後在幾聲驚呼中，敏捷地衝過了兩個班的隊列。在教官的哨音吹響之前，它已經俐落地翻過了一樓走廊的矮花圃，像跑酷選手一樣翻過了參差的地形，形跡完全消失在志清樓裡了。

＊

在志清樓轉向孝親大樓的L型轉角處有一座樓梯，這是大家都知道的。但是，並不是所有人都知道，這是唯一一座可以通往孝親大樓六樓的樓梯。大部分的師生都以為，不管是正面的孝親大樓、左側的逸仙樓、右側的志清樓，都只到五樓為止，那是因為所有教室都只排到五樓。

寧寧手長腳長，一踏步就是兩三階樓梯。此刻所有教官都集合在廣場上了，等他們回過神、開始追趕的時候，寧寧已經踏上三樓的樓板了。就這麼一層樓的距離，足夠她甩開追兵，隱身到孝親大樓六樓的神祕空間裡了。每跑上一層樓她就換一座樓梯，來回兩三次，岔路就會多到足以讓教官迷惑的地步了。而且她知道自己的步子很輕，即使全力奔跑也不會有什麼腳步聲的。

她是退出田徑隊了，但跑步的天分可沒有一起退還。

上到孝親六樓就安全了。這裡的格局跟下面幾層一樣，正中央是一間辦公室，它的正下方就是校長室和教務處。辦公室後方，是一間師父專屬的VIP室，裡面閃亮得像是之前畢業旅行住過的飯店房間一樣。左右兩側有幾間空教室，裡面除了黑板以外什麼都沒有，連桌椅都沒有。一開始寧寧本來還有點怕那些黑洞洞的窗口，好像有什麼東西會隨時鑽出來一樣。但後來，她更討厭那些什麼都有的，擠滿人的教室，這些安靜漆黑的教室，反而讓她覺得很自在。

不過，她上來這裡，不是為了從一種教室跑到另一種教室的。穿過辦公室和教室群，寧寧走到廊道底端，一點也沒遲疑地走進了女廁，把自己關進第三間裡。

雖然她覺得教官一定不知道這裡，不過保險起見，她沒有像平常一樣開燈。這個廁所平時完全沒有人使用，空氣裡只有清淡的香精和更清淡的水的氣味。鎖上喇叭鎖，寧寧靠著角落坐了下來，即使是午後陽光最烈的時候，這裡的光線也跟黃昏時分差不多。

雖然初夏的熱氣還是無從抵擋地淹了進來，但寧寧早就已經練就了不怕熱的本事了。她嚴嚴整整地穿著冬季的運動外套，拉鍊全都緊緊咬住。這層亮橘色的軟布已經等同於寧寧的皮膚了，就算是在最熱的時候，她也不曾將袖子捲起半公分。

三年忠班的每一個人都知道，你可以嘲笑李佩寧，弄翻她的書桌，把她的考卷拿去資源回收，但就是不可以碰她的外套，特別是長袖的部分。這件外套毫無特別之處，每個人都有一件，但唯有寧寧把它當命。高二初分班的時候，九月的天氣還跟暑假沒什麼區別，寧寧就這樣半身橘色出現在大家面前了。不用太久，大家就發現這個突兀的怪人其實很溫順，她幾乎不說話，因此也幾乎不會生氣，經過她座位時順手弄一把、勾一下，也就成為三忠的日常紓壓方式了。

直到有個不信邪的男生，伸手抓住寧寧的手肘為止。

「妳幹嘛都不講話——」

話還沒說完，寧寧突然反抓他的手，毫不猶豫湊到嘴邊就咬。

此後在教室裡的日子，當然就越來越無聊了。寧寧不想待在教室的時候，便會晃到孝親六樓的女廁來，上鎖。

一點點汗水從後頸滑進衣服裡。然後寧寧才感覺到，其實兩管長袖裡，也有一些蒸騰的汗氣正在慢慢凝結。她閉上眼睛，感覺它們在皮膚上漸漸成形，最後，變得夠大顆了，才緩緩地沿著膚表滾動。非常輕微的刺癢，輕到她必須非常非常專心，才能確定這股刺癢不是幻覺。汗水再往下，有幾秒稍微轉為刺痛了，但又稍縱即逝。

據說汗水是可以消毒的。

她不確定這算好事還是壞事，不過並不討厭。

閉目養神一陣子之後，遠方的走廊傳來了一點人聲。聲音越來越近，皮鞋鐵片的腳步聲也就越來越清楚。寧寧嘆了一口氣。

直接撞飛女教官還是太凶了，可是也沒有別的辦法啊。

以後這個窩是不能待了。

反正她是不可能把外套脫下來的。

廁所燈亮了，一夥人衝了進來。他們一一轉動門把，發出的聲音嘈雜到像是一隊飆車族。終於試到了鎖上的第三間。

他們重重叩門，一個粗嘎的男聲響起：「李佩寧？妳在裡面對不對，我們知道妳在裡面。」

「教官，這裡好像是女廁。」

外面的空氣頓了一秒。

女教官接話：「李佩寧，妳躲在裡面幹什麼？」

「當然是上廁所啊，不然呢。」

「同學，妳出來說，不要這樣鬼鬼祟祟的。」

「怎麼又有一個男的啦。我們教官這麼喜歡偷窺女生上廁所喔？」

「妳不要敬酒不吃吃罰酒！」

門板的下半部傳來兩聲鈍重的巨響，塑膠製的門板搖晃不已，甚至有一點光線從裂痕裡透進來了。寧寧聽到外面有幾聲不安的勸阻，但仍然有人持續在踹門。

老實說，她一開始覺得自己堅持不脫外套，也許真的是有那麼一點任性。然而現在她覺得沒差了，反正堅持要她脫外套的教官們，其實也差不多任性嘛。

那就沒有什麼好說的啦。

「你們等一下。」

她閒閒地說。等到外面稍微安靜下來了，就從口袋裡掏出一把美工刀。這把美工刀比她平常用的大上幾號，是那種可以一刀截斷瓦楞紙箱，甚至削削小樹枝都沒問題的尺寸。因為要應對堅硬的用途，刀身非常結實鋒利，拿在手上還有一點沉。本來只是以備不時之需，沒想到今天能派上用場。

寧寧把拇指搭在圓形推把上，一節、一節往前送。

美工刀發出了「喀——喀——喀——」的聲音。

外頭的人驚慌了起來：「李佩寧妳幹什麼！」

寧寧不說話，就把美工刀推到頂。然後再一節一節退回來。再往前推。

喀——喀——喀——

「李佩寧同學，妳請冷靜，」女教官聲音放柔：「服儀是學校的規定，但也沒有那麼嚴重，妳冷靜。」

寧寧手上不停：「我很冷靜啊，不過就是上個廁所。」說著，她把刀推到頂，鎖死推把之後，往門上砍了一刀。刀鋒沒有讓她失望，很輕易地在塑膠門上劃開一道口子。更重要的是，刀刃和門板交會的瞬間，產生了「蓬」的一聲。那是誰也無法否認的，銳器破開某種東西的聲音。她再劃一刀，這一次更用力了。同時，不給他們機會反應，她繼續說：「如果教官這麼喜歡看我上廁所，那我也來幫忙開門好了。反正我手上剛好有工具。」

「好了，夠了！」

「再稍等一下就好——」

「夠了！」

幾分鐘之後，孝親大樓六樓恢復平靜。寧寧再次靠著角落坐下來。她有一種剛跑完三千公尺的感覺，疲憊、愉悅又帶有一點點燥熱。一切跟最開始的時候沒有太大的不同，只是女廁的燈沒有關，鎖上的門板多了幾槓野獸抓過一般的刀痕。原來不收力的揮刀是這種感覺啊。她把美工刀收起來，雙手抱胸，手掌隔著外套輕撫著另一隻手的小臂。

至少現在沒有人打擾她了。

*

Boss：妳真的知道在哪裡？

Boss：要不要大家一起找

小惠：才不要勒

小惠：我沒叫你都不要來

小惠送出訊息之後，從空無一物的教室內探出一點頭，很快又縮回來。女廁的燈光亮起來了，接著開始出現清晰可聞的叱罵聲。這裡是孝親大樓六樓，這一整排空教室都是沒有桌椅的，所以她只好靠坐在窗台底下。剛才很險，幸好那三個教官上來搜查時，沒有人注意到她縮在牆角的暗處。現在，她要在這裡等待結果，再看下一步要怎麼做。

如果有必要，小惠就會傳訊息給何博思，讓他隨便帶一個輔導室的老師過來接手。不能讓寧寧學姊落在教官手中，她的脾氣弄下去，對大家都沒有好處。

雖然對何博思有點不好意思，但B team應該可以再收一個人吧——

小惠認識寧寧學姊，比認識何博思要久得多了。那是小惠還沒有開始躲到學務處那個窩裡面的時候。出公差之間的空堂，最簡單的方式就是躲到女廁裡。不過要在窄窄小小、味道還不太好聞的小隔間待上大半天，實在是一件滿要命的事。所以小惠會在幾堂課之間，不斷地更換廁所，稍微透透氣。有點像何博思之前歷史課講的「遊牧民族」那樣。於是全校的廁所，小惠很快就摸透了。

還不到一個禮拜小惠便注意到，有個女生跟她一樣到處在找廁所。

正常人不會上一節課在逸仙樓二樓上廁所，下一節課又剛好跑到志清樓地下室吧。

幾次之後，她們發現對方都沒有去跟教官告密，也就慢慢熟了起來。她們也不會特別約見面，如果不小心在那間女廁遇到了就一人卡一間，從門縫裡分一罐麥香紅茶，就算上一頓下午茶了。寧寧比小惠大一屆，是標準田徑隊的那種精瘦身材，體育很好，人也很俐落的樣子，實在看不出她為什麼跟自己一樣不喜歡進教室。不過小惠也沒有問，就像寧寧學姊不問她一樣。小惠平常沒大沒小，但不知道為什麼，總覺得寧寧是一個「真正的大人」，比那些老師啊、組長啊更像大人，所以甘願稱她一聲學姊。

第一次在女廁以外的地方看到寧寧學姊，是小惠高一下的時候。她送公文去輔導室，一個男老師站在門邊訓斥一身橘色的寧寧學姊。寧寧學姊一臉滿不在乎，低頭玩著自己的手指。小惠經過時對她眨了眨眼，她也微微努嘴表示無奈。小惠偷瞄一眼，是寧寧的班導師。看這樣子，應該是導師無計可施了，才想把學姊帶來「輔導」的吧。小惠快速進出輔導室後，找了個走廊上不會被看見、但又能聽見對話的死角待著。

「妳怎麼可以蹺家呢！妳不知道這是不對的嗎？妳才十七歲耶！」

「我跟我媽吵架啊。」

「吵架就可以蹺家嗎？妳對媽媽也是這種態度嗎？」

「欸，搞清楚。不是我蹺家，是她不要我回去。」

「妳這麼不孝，媽媽當然會生氣！妳好好溝通，做母親的怎麼可能不讓孩子回家？我從來沒聽過媽媽不疼女兒的……」

「你現在不就聽到了。」

「妳這樣是不孝！妳一定是沒有禮貌地、恭敬地跟媽媽說話。」

「不然你自己跟她說嘛，」寧寧學姊掏出手機，往老師胸口一堵。導師一愣，似乎是不知該先回應學姊的嗆聲，還是先沒收她自己拿出來的違禁品。寧寧學姊沒有停頓太久，每個字都像機槍在掃射：「你跟她說啊，叫她不要拿到錢就只會賭，叫她不要賭輸了就怪路上的賤女人拐走她的老公，叫她少帶幾個男人回來啊。你跟她說說看啊，你說服她，我就回去當你說的乖女兒。」

導師的臉色脹紅，氣到說不出話來：「妳……」

寧寧學姊聳聳肩：「所以還有事嗎？沒問題我要走了。」

「誰准妳走了？」導師大吼。

雖然輔導室位置偏僻，不過附近還是有幾個班的，走廊上不少人轉過頭來，好奇盯著這裡。

這樣下去沒完沒了啦。

小惠嘆了一口氣。

寧寧學姊太聰明了，聰明到搞錯了一件事。

她不該把這些老師當作大人來說話的，要把他們當作聽不懂人話的小孩子，用哄的，用拐的，用騙的，什麼都好。

妳說得越對他們越生氣。

小惠再次從走廊邊緣現身，用平穩的步伐走向爭吵中的兩人。她故意繞到寧寧學姊的後方，導師一定會看到的角度。她畢恭畢敬地一鞠躬，起身的時候藉機撥了撥頭髮，用左手手肘遮住了自己的班級學號，然後用自己最字正腔圓的語氣開口：「您好，請問是林育政老師嗎？」

導師停下來，擦了擦汗：「是，我是。」

「您好，化學科召周老師要我來請您到他辦公室。」

「周老師？有什麼事嗎？」

「我也不太清楚，好像是關於段考出題……」

導師一皺眉，小惠就知道自己賭對了。段考將近，考題如果臨時要修改什麼的，那會是件大事。是他出的，那他自然要負責；不是他出的，要是沒即時去開會，被同科的老師亂派工作，那就得不償失了。因此，就算他對學姊再怎麼一肚子火，蹺家畢竟也沒違反哪條校規，比不上段考考題能帶來的麻煩。於是，導師厲聲要求寧寧學姊待在原地，直到輔導老師回來為止，便自己匆匆走了。

導師走遠之後，學姊才開口：「謝啦。」

不過幾秒，她的聲調就不再像剛剛那麼冰冷了。寧寧本來的聲音是很溫柔的，但一般老師通常只能聽到她酸人時的語氣。

小惠吐了吐舌頭。

「搞定就好，我要走人了。」

如果每個大人都像寧寧學姊這麼直來直往就好了。

但就是因為沒有，所以小惠常有一種必須好好保護學姊的心思，出手暗助過幾次。再過兩個月，寧寧學姊就要畢業了，她說過會直接去工作，那就再也不用回到學校，忍受這些小孩子一樣的老師了。最後這兩個月，小惠不想功虧一簣。最好的辦法，就是也把她拉進B team裡面來，就近照顧。

至少Boss人還不錯啦，比較像一個正常的大人。也許之後，寧寧學姊也會願意告訴Boss為什麼她整年都要穿著外套。

念頭一起，小惠就對自己翻了白眼。

幹嘛跟著阿翔叫這麼北七的外號。

教官們回頭了，小惠稍微往牆角貼緊了一些。她頭靠著牆，努力分辨走廊上傳來的腳步聲有幾個。

鐵片一、鐵片二、鐵片三……

欸？只有三個？

寧寧學姊沒有被帶出來？還是說她根本不在這裡？

那剛才的吵鬧是怎麼回事？

最後一個教官也下樓了，孝親六樓回到一片寂靜。小惠小心地探身出來，盡可能安靜地往女廁前進。她知道這是寧寧學姊真正的窩，就跟她自己的學務處小間一樣。平常來來去去的那些女廁，都只是學姊暫時的棲身之處而已。因此，她雖然早就知道這個地方了，卻總是避開學姊來的時段。誰都需要一個沒有人打擾的窩。

但如果真出了什麼意外，一定要第一時間找過來——

女廁的燈光大亮，空氣中瀰漫著清潔的氣味，一點聲息都沒有。她才進去，就看到第三間廁所的門板，下半部已經被踹得有點龜裂了。一股驚恐竄上她的背脊，小惠急忙伸手推門：「學姊！學姊妳在嗎？」門還是鎖著的，但顯然經過了一定程度的破壞，所以有點搖搖欲墜了。教官他們是要回頭拿工具來破門嗎？不，不可能，如果要破門，他們至少會留下一人來看守……

「嘿，在呀。」寧寧學姊的聲音從門板後傳來，聽起來有點疲憊：「連妳也找來啦。是來救我的嗎？」

說完，學姊輕聲笑了。

「學姊還好嗎？」

「好呀，沒什麼不好的。」

小惠努力保持鎮定，克制自己，不要想起自己曾在廁所裡撞見的，不要用那個畫面去想像現在的學姊。也許寧寧學姊現在身上沒有帶美工刀。也許她只是帶著。也許她的手腕已經沒有新的空間了。也許這間廁所夠安靜，夠讓人安心，不會讓寧寧學姊心煩。也許這個廁所太久沒人用了，水龍頭都壞了，所以寧寧學姊就不會做她平常會做的事，不會在傷口上抹水，強迫它發炎。

深呼吸，小惠做出了決定。

她走回門板完好的隔壁廁所，把自己也關進去，上鎖。就像她們平常聊天那樣。小小的廁格裡面，散放著小惠私下收藏的一點小東西：報廢但勉強還能用的裁紙機，某批觸感特別好的護貝封膜，還有一小疊空白的各色公文夾。這裡現在只有她們兩個人了，能把學姊帶回去就帶，學姊不願意出來，她也大可以在這裡陪著。她的腦中迅速閃過各種後續可能。如果教官回來了，她就說自己是奉輔導老師之命，想找學姊去聊聊。就當作又出一次公差吧。

反正她們都不趕著去哪裡上課。

一切決定之後，小惠心情稍微輕鬆一點了。她把手探進口袋裡，摸出兩瓶被壓得有點變形的麥香紅茶。

「學姊，」她開口：「要不要喝個下午茶？」

作者　BoThink (BT)　看板　shen-ru
標題　[第五夢]
時間　May 2　10:47:57 2019

我到的時候
GK已經在店裡面了
只是我沒認出來
她在我落座之後才從角落走近
稍微掀起自己的口罩
向我示意

「老師，」
她只講這兩個字就哭了
就算是那天
她也沒有哭

放學沒有很久
她已經換了全套的便服
是不合季節的長袖
她說現在曬到陽光會痛

還有很多很多
說所有人都不相信她

「會不會真的是我記錯了」
她的眼神被淚水泡糊了

「妳沒有錯」我說
「無論如何都不是妳的錯」

然後睜眼醒來
覺得害怕：
我是不是又說了什麼
不負責任的話了

--
※ 發信站: 批踢踢兔(ptt2.cc), 來自: 29.352.264.180

6 畢業歌

五月中旬一到，何博思就被轉到學務處了。這是他在林尾高中的最後一個關卡，至少超過了他在上一個學校的進度。正常來說，下學期是不會有實習老師的，何博思的到來純粹是一個充滿風險的意外——意外是因為多一個人力，風險是因為收了一個被他校「退貨」的人。幸好何博思的表現堪稱正常，雖然以自己的車禍事件換取阿翔回到糾察隊，有那麼一點踰矩干涉教官室職權的感覺，但還在情理之內。張組長來通知轉處室的那天，稍微和何博思多聊了兩句，明確說過行政實習的部分不用擔心，教務處沒什麼不給高分的理由。何博思也到此時才確定，校方終於算是對他放了心。

「你轉過去的時候，要去謝一下主任教官。」

張組長的提醒是對的，教官室就跟學務處緊緊相連，並置在一間打通了牆壁的超大型辦公室裡，在學務處工作，也就等於是在教官室工作。於是何博思乾脆加碼，上任第一天，直接拎著阿翔一起去鞠躬。

小惠則從她的窩裡面探頭出來，一臉看好戲的樣子。

小惠：學弟真是好孩子呢

小惠：不過鞠躬還差十五度才到九十度標準ㄛ

寧寧：哈哈　妳不要鬧他啦

何博思轉到學務處之後，損失最大的就是小惠了。本來天高皇帝遠，可以在B team群組裡面報備一下就躲起來，現在何博思本人直接鎮守在她的窩外面。學務主任不知道是好心還是故意，還把他的座位放在最靠近小房間的地方。小惠每次進去，何博思就會笑著揮手：「歡迎回來呀～」小惠每次離開，何博思的詞就變成：「請慢走～」那個欠扁樣，讓小惠更堅定了絕對不跟大家一起叫他Boss的決心。

有時想到就不爽，乾脆就再回去和寧寧一起躲女廁。

何博思嘴上輕鬆，但心裡其實隱隱有點不安的。雖然他也同情寧寧，然而小惠這樣完全沒有告知就多「收」了一個隊員進來，實在有點白目了。實習老師畢竟位小職卑，如果太出鋒頭了，任誰都能來弄你一把。從發哥、小惠到阿翔，多少都是因為有人覺得他們是燙手山芋，樂得有何博思代勞，才輪得到他來「管」。不過，寧寧雖然跟班導、跟同學都處不好，進到群組之後倒還頗有學姊風範，大部分的事情只要她出聲，其他人就不會有意見，也是幫何博思省了不少工夫。

這些學生只要不待在教室，也是幫大家省事吧。

學務主任對這一切樂觀其成，甚至有一種賺到的感覺。當初爭取要實習老師五月中旬過來，就是為了應付接下來人手不足的畢業典禮。沒想到幾個月後，何博思還附贈了四個小隊員過來。從此派起公差，當然也就得心應手。小惠刁鑽古怪，什麼事都可以找到解法，有她陪著拌嘴，寧寧也會願意稍微幫點忙；阿翔不怕粗重活，做什麼都跑第一；發哥雖然戰力不強，但什麼命令都接得開開心心。很快地，B team的四人組合就在學務處大半的瑣事中都參上一腳了。

於是，當學務主任說要帶他們去新落成的禮堂看看時，何博思很快就知道主任想幹嘛了。他當然沒有拒絕的餘地，一通訊息，就在下一節課把B team成員通通召回。

「有個神聖偉大的任務要交給你們了。」

「好！」

「好啊。」

「好慘。」

發哥、阿翔與小惠同時說。

新落成的禮堂位在校園的左側深處。從逸仙樓延伸出去，穿過操場之後，就會抵達這座三層樓外加一個地下室的巨大建築。開學時，何博思曾在這邊撞見過巡視中的師父，並且收過一本至今沒有翻開的「師父嘉言錄」。事隔三個月左右，這棟活動中心大樓終於落成，趕在畢業典禮籌備期之前完成驗收、剪綵了。這是林尾高中十年來最大的投資計畫，不管是什麼場合的招生文宣，或者是師父日常的會報，總是離不開這棟價值一億元的新大樓。幾次之後，善解人意的國文科召集人自告奮勇，寫了一篇半文半白的賀詞，在校務會報中呈給師父。

師父很滿意，於是下令在大樓正門口立一塊石碑，刻上師父親手改動幾個字的賀詞，以為永久的紀念。

「所以這什麼意思啊？」寧寧指著石碑上的一行字。

「為提供學生優良的學習環境，本校斥資一億元，與建活動中心大樓，並啟建數位化教學設施，總經費達七千萬。」

「意思是花了一億，但總經費是七千萬。」小惠說。

「不要問我，我數學不好。」阿翔說。

何博思嗤一聲笑出來，避過前面的學務主任，悄聲說：「沒關係，我們國文大概也都不太好。」

他當然也沒說，師父上週裁示了，這篇碑文將是本學期國文期末考的閱讀測驗題目。國文科召集人當場表示，他們會立刻開始著手研究試題，全力透過這篇文章和後面的選擇題，將師父心中的教育愛傳達給每一名愛徒。

他們尾隨學務主任走進活動中心大樓。整棟建築物目前還空空蕩蕩的，像是博物館裡沒有皮肉的恐龍化石一樣。依照原來的規畫，地下室是游泳池、一樓隔成十數間教室供社團活動和藝能科使用、二樓是可以容納全校學生的巨大禮堂和舞台、三樓則是可以直接看到二樓禮堂的一圈看台區。不過，由於工期匆促，游泳池要到下學期才會啟用，目前只是一個挖空的乾池子。一樓的格局，也在師父巡視過後，決定打掉一半的隔間牆壁，讓進門之後的視野更氣派一點。

至於少掉幾間可以用的教室或團練室，那不是什麼重要的問題。

唯有六月的畢業典禮就必須用到的大禮堂，是施工到可以立刻使用的狀態的。學務處上下期待這個禮堂非常久了，三天兩頭就在問總務處進度，幾度問到總務主任臉色都開始不好了起來。原因無他，這是林尾高中第一個可以容納全校學生、舉辦大型活動的室內場地。如果今年五月能夠啟用，學務處就可以直接把畢業典禮場地設定在這裡，不用像以前一樣在孝親廣場上，天氣好了怕曬、天氣不好又要有雨天備案，籌備工作立刻少了一大塊。更別說室內場地固定之後，搭舞台、牽電力、處理音響之類的雜務就再也不用煩了，還能悄悄把這些預算挪去別的地方。

因此，學務主任毫不留戀地把大家帶上了二樓。整個禮堂看起來，就像是一個擴大版的籃球場，地上也真的有邊線和三分線，必要時可以把空中懸吊著的籃球架放下來。而在籃球場的另一端，就是一個可以用酒紅底色、金色穗邊的厚重絨毛布幕遮斷的龐大舞台。站在禮堂中心往上看，三樓的樓地板是不存在的，周圍的看台區都是固定式的座位。主任一邊走一邊介紹，最後停在舞台前，兩隻手的手臂一展：

「這邊，全部，就要麻煩各位啦。」

*

一整層樓的地板。

一整層樓的窗戶。

舞台區和後台區。

B team的所有公差都終止了。現在的任務只剩一個，就是把它們通通打掃一遍，用可以沾水的東西把它們通通擦上一輪。

工人在施工完成之後，當然有稍微清掃過。不過他們只有把眼睛看得到的包材、碎石清走，稍微用手指一沾就會知道，這棟瀰漫著新房子氣味的活動中心，現在就像一座幾百年的古堡一樣，所有東西都蒙了一層灰沙。蜘蛛也不知道怎麼動作那麼快，早就在牆角張開網了。

學務主任走後，Boss說他也有課要先走了。

賤芭樂。

阿翔不知從哪裡又生了一輛板車出來。「反正做什麼都用得到車子。」他一邊哼歌一邊推著板車越過禮堂，車上是兩個空水桶。他走到盡頭又再折回來，對小惠說：「欸，妳知不知道哪裡可以接水？」但沒等小惠回答，又推著板車飄到遠方去了。

「幹，你只是想玩車子吧。」

寧寧輕快地走上舞台，扯扯布幕，感受一下它厚實的重量感。同時眼角一掃，對著不遠處的發哥說：「欸，那個不要動，有電。」發哥乖乖放下手中不知接向何方的電纜，想了想，又拿起了地上的另一條。寧寧嘆了一口氣，換上一副稍微柔軟的語氣：「發哥，你幫我去右邊的角落找找看，那裡有幾支掃把、有幾支拖把？」話還沒說完，發哥就蹦蹦跳跳往右邊的角落竄過去了，一路上把所有牆面上能按到的開關通通按了一輪。

在輕微的電流聲中，燈光和電風扇全都動了起來。

拖了好一陣子，工作才終於開始了。寧寧學姊決定從高處開始處理，比如窗戶。這樣剛好把灰塵撣到地面，不用清理兩次。阿翔在某一圈漫遊中發現了廁所，發哥幫著他把水桶注滿，能找到的所有抹布通通泡進去。小惠這才懶懶地起身，往窗邊走去。

大家默默地擦了一陣子。整個禮堂安靜下來之後，他們才突然覺得，這裡實在太空曠了，空曠到令人有點害怕的地步。好像連那些沉默的牆角之間躲著的蜘蛛都不懷好意；甚至可能躲著的根本不是蜘蛛。時間一秒一秒過去，這片空曠就越來越讓人難以忍受。小惠覺得只要講講話就會好一點了，但越是努力想開個話題，腦袋裡就越是一片空白，好像自己整個人也變成一座什麼都沒有的禮堂一樣。

一會兒小惠受不了了，勉強開口：「那個……」

「來聽歌吧。」寧寧學姊清脆的聲音響起，晃著手上的手機。

「可是那是違禁品……」阿翔囁嚅道。

「不然你不要聽啊。」小惠瞪他一眼。

連糾察隊的正式隊員都不表示意見之後，發哥當然也不會說什麼。寧寧三兩步躍上舞台，長腿靈巧得像是羚羊之類的動物，一鑽就隱沒在布幕後面。小惠看著她的背影，腦中閃過了「也許寧寧學姊很適合在舞台上表演」的念頭，雖然要表演什麼，她一點頭緒都沒有，但光是看學姊踏上舞台的樣子，她就覺得有點好看了。

沒多久，所有人都感受到整層樓面輕輕顫動了一下。

「測試音響的時間到囉——」

寧寧又輕巧地鑽出來。她把手機接到剛才發現的音源設備上，隨便點開YouTube首頁的一首歌。

音樂立刻流滿了整個禮堂。

有了音樂襯底，擦窗戶的工作就變得好玩多了。每個人都開始依照拍子的節奏來抹窗面——只要不看別人，就不會發現自己或是誰漏了拍子，聽起來都是和著節奏的。歌曲一首一首進來，順序全憑YouTube亂選。

大概到第五首或第六首時，阿翔一聽前奏就興奮地喊了一聲：「這首我會！」接著用大家都聽得到的聲音唱了起來：

我牽著我的牛兒　在田間小路高歌

那鞭子揮一下兒　牛兒馬上LOWRIDER
沒事就飆著牛車　有空去田裡收割
老天再不下雨　MOTHER FUCKER

是玖壹壹的〈嘻哈庄腳情〉。

阿翔的聲音比想像中好聽很多，沒有平常聽起來的那麼笨拙，如果把眼睛閉起來的話，可能還會誤以為這是個還算伶俐的人吧。那種有點聰明但又沒有什麼惡意的感覺，唱這首油腔滑調的歌意外的適合。

一邊唱，阿翔也學著MV裡面的那些嘻哈歌手的動作，在每個拍點上用力甩著手。手中濕漉漉的抹布一受力，就在牆面和地板上留下了成排的水痕。歌詞繼續往下，說到了鄉村HIPHOP、唱盤唱針、還有各式各樣的舞。唱到這個地方，阿翔才突然想起這是一首男女對唱的歌。正當他還在遲疑要不要憋起嗓子，繼續唱那段對他來說很困難的高音副歌時，另一股聲音響起了，幾乎就跟原唱裡的黃路梓茵一模一樣：

我的愛人呀　讓我對妳訴情話
我的真心我的真情　問妳是否聽到嗎
我的愛人呀　再大風雨都不怕
何時能跟妳一起回家

阿翔一回頭，是小惠的聲音。小惠拋來一個「這我也會好不好」的眼神，然後把每個字都咬得比原唱還像標準國語，聽起來根本就是一個穿越時空來到此地的外省大姊了。她邊唱邊走向水桶，假裝自己也穿了美美的旗袍、手上是優雅的手套、腳下踩著豔紅的高跟鞋，用著和女歌手一樣的舞姿，貴氣地把髒抹布丟入了水桶裡。

*

試教完之後，何博思隨著鄭老師到導師休息室坐了一會兒。每堂試教結束，鄭老師都會稍微跟他檢討一下今天的課堂情況。這是第五次試教了，她算是滿給何博思機會練習的，一般實習老師未必能在一學期上台這麼多次。畢竟課分出去，實習老師要沒教好，延誤的可是導師自己的教學進度。能夠持續上台，代表之前的表現能讓她放心，這點何博思心裡是有點高興的。

「結果晃晃一下就到五月啦，你也快離開了呢。」

「是的。」

「會想留下來教嗎？」鄭老師眨眨眼：「歷史科搞不好會開缺喔。」

「欸？」

何博思從來沒想過這個問題，瞬間有點措手不及。如果他喜歡林尾高中，這會是一個很好的訊號吧。鄭老師透露的不只是內線消息，也代表她願意在教甄時幫忙，搞不好她還就是負責遴選的評審之一。考教甄比考研究所還難的現在，能夠六月畢業、八月立刻成為正式老師，這根本是實習老師夢寐以求的機會。雖然之後還要服替代役，但只要先卡到位置，服役結束馬上就有工作了。

然而何博思的心思卻有點當機了，一時不知該如何反應。如果表態得不夠積極，這個機會隨時是可以給別人的，他知道自己教得不錯，但還沒有好到無可替代的地步；可是如果答應下來了，難道自己真的要在林尾高中一待十幾年，每個禮拜都在林尾高中的校務會報聽師父開示嘉言？

不過，如果這樣的話，就可以一直顧著B team，直到他們畢業了……

但時間不會因為他的兩難而放慢，很快就超過了合理的反應時間了。鄭老師畢竟是老尼，見何博思遲疑不回，大概也知道私立學校不會是年輕老師的優先志願，笑容不斂就轉了話頭：

「你再想想吧，反正還不急。在學校這幾個月，感覺如何？跟原本想像的一不一樣？」

「老實說，比一開始想像的順利得多了。您很照顧我，張組長也是。」

「張組長很有辦法的，還讓你換一台新車了。」鄭老師促狹地笑了笑：「這樣也不錯啦，實習期間不能工作、不能有收入這種規定真的害死人。你現在也跟我們當年一樣，熬了整整一年啦。」

何博思露出了不好意思的表情：「真的是意外來到這裡。不過，收穫很多，也想了很多。」

「也是不經一事，不長一智。」

鄭老師淡淡答了這一句，讓何博思心裡刺了一下。

開學之後，每天的行政瑣事、觀課試教，再加上B team大大小小的狀況，時間比上個學期緊湊多了。能遇到這幾個小鬼，並且感受到自己有幫上一點忙，是始料未及的幸運，他剛剛說收穫很多，並不是客套話。然而，也確實因為這樣，他好一陣子沒有想起上學期的事了。那種什麼忙也幫不上，甚至越介入越糟的感覺，好久都沒有出現過了。

連一開始充斥在心中的惡毒的譏誚，也慢慢少了。

曾經那是他證明自己還沒有墮落的唯一憑藉。

但這一切會不會只是運氣好呢？多待個幾年，真的成為正式教師了，他會看到更多這樣的事情嗎？有一天他會不會也看慣了這一切，什麼話都能像鄭老師一樣淡淡地說？

也許他遲疑的不是在林尾高中教書，而是到底要不要繼續教書吧。

「老師，我心裡有個問題，不知道該不該說。」

「你問啊，沒關係。」

「老師一直都是很堅定想教書的嗎？我有點不太確定自己適不適合。」

「你的表現看起來沒什麼問題啊。行政上都沒出亂子，教學也很OK，這裡都能教了，如果以後能考到市區的公立高中，一定會更輕鬆吧。」鄭老師啜一口茶，語氣聽不出是不是在諷刺，諷刺剛才何博思沒有立刻表態願意留在林尾，但至少語調都穩穩的：「而且呀，你還外掛了四個別人眼中有點麻煩的學生，把他們顧得很不錯，不是嗎？別的不說，起碼你能讓學生信任你、喜歡你，你跟他們相處也不覺得太耗費心力，那就是很不錯的特質了。」

「他們其實都很好呀，只要不逼他們念書。雖然身為一個老師這樣說很奇怪，不過我想您懂我的意思。有些孩子只是不愛念書，或者不喜歡教室，離開學校都可以活得不錯的。既然這樣，那當然就沒必要把他們釘在座位上。我想一定也有不少老師有這種想法的，不然也不會這麼順利。我只是剛好不用帶班，剛好有空閒幫大家執行這個構想。而且講真的，他們就算認真念書，成績大概也高不到哪裡去啦。」

鄭老師微微一笑，一半是贊同，一半是「你這話可不能公開說」的表情。

何博思想起小學四年級時，曾有一段獨自在操場上玩了好幾天，都沒有進教室上課的日子。

那是他覺得上學最好玩的一段時間。

原來學校本身就是這麼好玩的地方，他以前從來沒有發現，以後也沒什麼機會再體驗到了。

跟B team這幾個小鬼混的時候，他心裡就會浮起非常類似當年的心情。

他希望自己所做的，可以讓他們比較願意來上學。就只是來，不在外面遊蕩，每過一天就多一天的平安日子。然而有時又會覺得，也許反而是B team的成員讓他願意來上學的。每天清晨他騎著機車駛上人車稀少的馬路時，一路上想的都是發哥今天會講什麼冷笑話、小惠跟阿翔會怎麼拌嘴，或者寧寧今天能不能躲過教官臨檢，之類的事情。這種可預期的被需要感，幾乎可以說是快樂了。

「但是，我在想，當一個老師，是不是不要太在意學生會比較好？」

「為什麼這麼想？」

「一方面是覺得，這樣會不會很不負責任呢？就算我待下來了，最多三年他們都是要畢業的。我會有新的學生，我一定得把力氣都轉給他們。但畢業的孩子，難道就不是我的學生了嗎？這樣說有點不倫不類，但我有一種，好像，自己莫名其妙跟他們分手了，把他們甩了，那種感覺。」

「嗯，這確實是個問題。」

「另一方面是，如果再遇到上個學期一樣的事情，我還是不知道怎麼處理會比較好……？」

何博思長吁一口氣。終於說出口了。

鄭老師正色，坐直了身體。

「你有聽到本校類似的傳聞嗎？」

「沒有。」這次他回得很果斷。

「那就好。」鄭老師頓了一下：「你的第一個問題呢，是很好的心意。我沒有什麼好教你的，但我覺得，你有意識到總有一天就要分手，這總是好的。至少你不是惡意劈腿啊。更何況，如果你帶得好，誰甩誰還不知道呢，搞不好是學生要跟你提分手，到時候覺得孤單覺得冷的是你也說不定。」

何博思點點頭，笑了出來。

「第二個問題呢，我只能說：有時候當一個老師，重點不在你多會教學生，而是，你多知道『怎麼當一個老師』。有些事，當老師的真的做不到，也不能做。那你就要放下，把它讓出去，讓給能做的人。」

「讓出去……？」

「是。」鄭老師輕聲說：「這話我只在這裡講，你聽聽就算了。比如說，作證控訴其他老師，不是一個老師能做的事，你若要作證，就只能是為了保護同事。但是，這是學生可以做的事，家長可以做的事。伸張正義不是一個老師能做的事，但是，這是警察可以做的事，律師可以做的事，記者可以做的事。我們能做的事，就是顧好自己班上的那四、五十隻小動物。三年過去，他們如果沒有變差，那你就可以給自己打八十分了；萬一他們竟然變好了，那就是九十分、一百分了。」

何博思眉頭皺了皺，想開口說話，但終究忍了下來。

「我知道你現在不能接受。換了是我當年，也不能接受。但我說這些，只是想告訴你：如果你決定要當老師了，不管你要做什麼決定，要先想想那些最需要你的學生。拚著工作不要，為了正義感豁出去，只需要幾秒鐘的時間。但能在一個位置待幾十年，才能保護更多孩子。」

「您說得很深刻，我會好好想想。」

鄭老師笑了笑：「那是你認真，不然我沒事哪有這麼多話說。」

確實，能持續待在教師的位置上是重要的。起碼自己帶的班級，只要自己嚴守分際，就至少能保護這些孩子不會遭到殘酷的對待。就像B team一樣，如果他當初沒有動念接下來，發哥可能練到手斷了都還在面壁鼓掌、小惠搞不好哪天在學校哪個角落出意外了都沒人知道；阿翔也許真會踏上成日打架，放棄從軍的路；寧寧那麼剛烈的性子，可能會被逼到乾脆不來上學吧。

然而這樣的交換值得嗎？

「欸，你教甄還是要去考啊。要是我把實習生指導到臨陣脫逃，那可就是職業生涯的污點啦。」

「以前當學生時，真的都沒想過這些事情啊。」何博思苦笑：「以為當老師就是教教書就好。沒想到，教書還算是最簡單的部分。」

「沒錯。既然你都已經發現這件事了，我就多加碼一個小八卦吧。還是老話一句，你聽過就算了。」

「老師您請說。」

「並不是所有人都對你那個B team都很滿意的。學生叫你Boss什麼的，在某些人眼裡，就證明了你是個只會討好學生，不懂師生分際的菜鳥。而一個菜鳥手下竟然有四個人力可以自由調派，行政業務通通有人代勞，這怎麼看，都不太像話啊。」

鄭老師說得一派輕鬆，彷彿只是在談論一場剛看過的電影。

但讓何博思心底一驚的，是「B team」跟「Boss」這兩個名字。他平常是絕不會對其他老師提起這兩個詞的，那是怎麼流出去的？是那幾個小鬼自己講的嗎？流傳多遠了？他的臉頰慢慢脹熱了起來。

「總之你自己注意一點。」

*

到放學的前一堂課為止，B team的群組都靜悄悄的，沒有任何訊息傳來。

這滿反常的。雖然理論上，他們應該沒辦法在今天內掃完大禮堂，而沒有移動位置就不用報備，所以沒訊息傳來也無需大驚小怪，但他們平常話很多，很少讓群組安靜這麼久。

手上拎著五瓶飲料，走向活動中心的途中，何博思一邊想著鄭老師剛才的話，一邊整理自己的表情。在鄭老師或張組長面前時，他是分數捏在別人手上的學生，自然態度得恭謹一點。然而面對學生的時候，他就會換上一副什麼事都無所謂、什麼玩笑都可以開的無賴臉孔。真要說哪個才是真正的自己，何博思自己也不是很能確定。

樹大招風，本是可以料想的事。但問題是，風會從哪裡來呢？——

還沒想出個頭緒，他就走進了早上來過的建築物裡。大門只是帶上而已，輕輕一推就轉開了，門角在地上刮開了兩道圓弧形的痕跡。灰沙實在積得太厚了。等到大禮堂清理完，從二樓到大門口這一路，大概也都免不了要歸給B team了吧。不得不說，從學務主任提到要帶他們看活動中心時，他就猜到是要派工作了。只是沒想到學務主任這麼狠，一次把可能要動員兩、三個班級來清掃的範圍，通通丟給四個人。

這太離譜了。擺明欺負人啊。

他當時這樣想，然而B team的大家看起來都沒有意見，他也就沒說出口。

就算知道工作很多，他們也只會在腦中換算成不用進教室的節數吧。

但何博思卻忍不住想，雖然這看起來是互相交換，事實上卻還是不公平的。如果同樣的時間、同樣的工作，在外面起碼也是一百五十元的時薪啊。學校大可以請清潔公司來徹底處理，退而求其次，也可以多動員幾個班來速戰速決。然而清潔公司要錢、跟導師和任課老師搶時間要溝通，溝通的扣打卻又在「為林尾高中按讚」的時候用掉了，那就先派實習老師手下的小隊來處理吧。

看來他真的不適合待在林尾高中——如果不是所有高中的話。

他踏上寬闊得足以讓一個班級列隊前進的水磨石子樓梯時，已經準備好自己的表情了。然而，才接近二樓禮堂入口的那座厚重的推門，他就感覺到不太對勁了。大禮堂裡面在震動。沒有到地震那麼強，但剛好夠抖落一小波天花板的灰塵。

而且，有聲音。

他推開門，大步踏進去。

「呃……」

很明顯，他們是從左側的窗戶開始清理的。從最靠近門口的地方，一路擦過去。裝著水桶的板車，大概已經越過了三分之二的禮堂牆面。透光率顯著提高的窗戶，和窗戶下方迤邐濡溼的水跡都證明了這點。發哥仍然奮力工作著。

但這些都不是重點。

小惠跟阿翔雖然還拿著抹布，但根本沒在動作，兩個人痴痴地望著最前方的舞台。順著他們的視線往前望，站在舞台上、拿著麥克風的，正是寧寧了。她本來就是四人裡最高的，踏在落差高到何博思胸口的舞台邊緣，整個身形看起來更加修長了。她還是穿著萬年不變的橘色長袖外套，右手非常輕鬆地執著從後方布幕中拉出來的有線麥克風，閉著眼睛，投入地唱著：

別心疼我會跌跌撞撞
因為在溫柔手中　我已學會翱翔
開始嚮往那更高的藍天
放開牽絆的線
才能神采飛揚

一路上　許多相同渴望
生命不該是掙扎　是時光與成長

默契激盪夢想
原來我不孤單

雖然寧寧跟B team的人相處時，並不像在班上那麼沉默，但平常聽到她的聲音，何博思也不曾覺得有什麼特別的。沒想到唱起歌來，寧寧的聲音是一種沙啞而富有磁性的女聲，令人十分驚豔。唱到高音處的時候，她的呼吸和發音仍然很穩定，臉上的表情和肢體動作幾乎都沒什麼變化，輕鬆得像是一個歌唱節目的選手跑來唱兒歌一樣。

滿身傷　是光榮的勳章
我吶喊只想找回　擁抱天空的力量
選擇永不投降
是為了灑脫鼓掌
我飛得理直氣壯

我唱得比誰都爽
征服逆風的阻擋
用我青春的翅膀

寧寧唱到副歌時，何博思才想起來，這是好幾年前的歌了。難怪他覺得耳熟，這是他高中時，全台十五個學校串連起來，一起寫的一首畢業歌，叫作〈風箏〉。歌當然不是他寫的，但這首歌的MV當時非常紅，那幾屆的學生大概沒有人沒聽過的，比學校常用的那些「鳳凰花開」之類的驪歌都還受歡迎。

何博思看看台上唱得極好的寧寧，以及聽得如痴如醉的小惠和阿翔，忽然冒起了一個想法。

今年寧寧高三。如果她堅持不換下外套的話，為了畫面的整齊劃一，她大概是沒有辦法參加自己的畢業典禮的。教官一定會千方百計把她調開，或者強迫她換衣服，然後再鬧出一樁慘烈的事件。

但如果可以換個方法出席……

比如說，把B team排成一個表演節目，然後在畢業典禮時領唱畢業歌。其他人如果唱得不好，也可以在旁邊跳個舞、跑個龍套就好。重要的是，寧寧的聲音絕對好到可以說服任何人，讓她代表領唱。

這會是他們這輩子第一次站上那種大舞台吧。

腦袋裡的思緒激烈沸騰的同時，何博思走近窗邊的三人，無聲地對他們揮了揮手。

「欸Boss來了！」阿翔一見到他，竟然嚷嚷了起來。

「噓！你北七喔！」何博思把食指豎在唇邊，不想打斷寧寧。

「學姊，他來了！」小惠竟也跟著喊，一邊把何博思往舞台的方向推：「快點快點，這首歌還有一小段，你趕快去。」

發哥拍手：「快去！」

何博思糊裡糊塗被推到舞台上，寧寧微笑把麥克風遞給他。他很想把自己想到的點子告訴他們，他覺得這一定能讓大家玩得開心的。總不能白白做工吧，我們幫忙畢業典禮，交換三、五分鐘的節目，不算過分吧？但是旋律像浪一樣一直推過來，他還來不及思考，來不及說出任何一個字，就進到了歌曲的入口：

我飛得理直氣壯

我比誰都要倔強——

第一句下去，B team的四個人就噗哧笑了出來。唱到第二句的時候，連何博思自己也笑開了。互相感染的情況下，五個人通通笑彎了腰。何博思根本忘了自己不會唱歌，這兩句沒有一個音是準確的，還接在寧寧的後面唱，完全就像是來亂的。他們笑到停不下來，只得任旋律白白地流過去，流滿整間大禮堂，就像是一道溫柔甜美的湧泉那樣。

但他們笑得太開心了，以至於沒有人注意到，不知從什麼時候開始，大禮堂的門口多了一個人。

張組長大聲喝斥：「你們在搞什麼東西啊?!」

作者 BoThink (BT) 看板 shen-ru
標題 [第六夢]
時間 May 11 10:47:32 2019

「你也是男人，少在那邊清高。
老弟，你只是還沒有機會而已啦。」

枕頭濕透了
這不是夢。

--
※ 發信站: 批踢踢兔(ptt2.cc), 來自: 29.352.264.180

7　服務學習

B team的四人組被罰站在教務處外的走廊上。

雖然距離放學只有十五分鐘，罰站的時間不算太長。但小惠心裡知道，這一小段時間，每一個進出教務處的教職員都一定會注意到他們。而每一個注意到他們的人，又會像病毒一樣把這個消息散播出去。最晚到明天中午，全校教職員就會聽說實習老師帶著的那群廢渣學生闖禍了。

因此，就算是平常鬼點子最多的小惠，此刻也都安安分分地站直了身體，完全放棄了躲到某個神祕角落去的備援計畫。

如果真要躲的話，小惠至少還有一個壓箱底的窩，是可以讓大家隱身一整天的。但現在不可以。

「發哥，再忍耐一下，快放學了。」小惠輕聲說。

寧寧有點驚奇地對她挑了挑眉。小惠很少願意叫陳明發「發哥」的，更別說是用這麼寬柔的語氣。

不過稍稍一想，也就明白為什麼了。

寧寧是無所謂。從高一開始，她就做好了隨時會被退學的心理準備。她早就想好了，如果誰逼她脫掉外套，她就不計後果抵抗到底。下了決心之後，反而關關難過關關過，竟然就這麼升到了高三。三個教官去破女廁門的那天，她本來以為好運已經用到盡頭了，沒想到小惠和何博思找到了她。

寧寧第一次有了「也許能夠安然畢業」的感覺。畢業之後就沒事了，她會隨便找一家理髮廳，從洗頭小妹開始做起。只要避開前男友家裡開的那間就好了。

一想到前男友，寧寧的手腕就隱隱發熱了起來。

她意外地發現，自己似乎願意為了畢業，好好忍耐一個月。

表情最懊惱的，大概就屬阿翔了。從一開始他是想守規矩的，可是音樂一放出來，他整個人就忍不住了。

Boss出了那麼多力讓他回到糾察隊，他卻害Boss被張組長帶回教務處斥罵。

他會不會也因為這次的錯誤而再次被逐出糾察隊呢？

如果懲罰自己的方式是退隊，那懲罰Boss的方式會是什麼？阿翔越往下想，越是覺得膽戰心驚。小惠說，Boss之所以這學期會來林尾高中，是因為他幫了上一個學校的學生打官司，去告同校的一個爛老師，所以才被排擠的。而張組長又是Boss的Boss，會不會一怒之下就把他趕走了？這樣他是不是又要流浪去下一個學校了？從仁光中學轉到這裡來已經是大降級了，Boss還有地方可以去嗎？

相較之下，B team以後上課還有沒有地方去混，已經是小事了。

他們不能再為Boss惹麻煩了，這是最基本的義氣。

阿翔繃緊全身，使出了最標準的立正站姿。

聞口令，兩腳跟靠攏併齊，腳尖向外分開四十五度，兩腿挺直，兩膝靠攏。頭要正，頸要直，口要閉，收下顎，兩眼凝神向前平視……

從B team四人組背靠的牆面穿過去，就是教務處內的小房間，也就是何博思第一天報到時，小惠帶他坐下的地方。教務主任不在，房間裡只有張組長和何博思。

張組長一反平常的嘻皮笑臉，表情繃得像是被一層隱形的保鮮膜壓扁了一樣。

「你這樣是要我怎麼處理？」

張組長稍頓一頓，接著就像是通上了電一樣，源源不絕地說下去：

「我讓你帶那群學生，是你說你想幫他們。當老師的有這份心當然很好，但是這樣幫的嗎？你說他們不愛念書，不愛上課，與其閒蕩不如讓他們找點正經事情做，好，我准了。你又說他們本性不壞，與其嚴厲管束不如打成一片，我也尊重你的教法。結果呢？出個公差搞成演唱會，這是正經事嗎？你當老師的不約束就算了，還上去一起唱，這叫打成一片嗎？你有沒有搞清楚自己高中畢業多少年了啊？」

何博思低著頭：「是，真的非常對不起。」

「你還知道對不起！今天是還好只有我走進去，如果是你們師培的教授來突擊訪查呢？如果我後面跟著教務主任呢？或者，今天是坐著輪椅的師父想來看看他的一億元禮堂呢？你這樣叫我怎麼說？你是實習老師，你再待也就一個月了，我是十幾年都在這裡的人了，難道要我幫你扛啊？做事情之前想一下好不好！」

除了乖乖聽訓、不停道歉之外，何博思完全不知道還能做什麼。此刻他內心縱有千般想法，也知道無論如何都是自己理虧在先，說什麼都是站不住腳的。是他自己太大意了。再怎麼說，學校都不是一個可以從心所欲的地方。對學生來說不是，對老師來說也不是。對於又是學生又是老師的實習老師來說，當然更雙重地不是。

張組長已經是很願意給權限的人了。

小房間裡沉默了一會兒。

好半晌，張組長才揮了揮手：「算了，你自己回去想想。」

「是的，我會全力反省……」

「至於學生的部分，我再想要怎麼懲處。」

何博思心底一驚。「懲處」兩字可大可小，罰站罰抄寫是懲處，退隊退學也是懲處。但對B team來說，最可怕的可能還是解散這個小隊，然後強迫每個人都「回復正常」，回到教室裡上課。畢竟已經給過機會了，他們自己又犯下大錯，這從師長的邏輯看來順理成章，總不能一直放任四個不定時炸彈，給他們在校內遊蕩亂竄的特權。話雖如此，何博思卻比誰都知道「回復正常」對四個人來說是多麼困難、多麼具有傷害性的指令。因此，雖然都自身難保了，他還是勉強開口：

「組長，這件事情是我的失職，希望組長不要太為難同學……我往後一定會嚴加管束，不再放任……」

張組長眼神一利，聲音又提了起來：「當然是你的失職，你還好意思。搞清楚，你現在可沒有跟我討價還價的餘地。是啊，你失職，我應該懲處你，但我可以怎麼懲處你？把你分數打低一點嗎？那又怎樣？我如果真把你分數打到不及格，你們師培中心大概還會要我寫報告勒，那最後是誰被懲處啊。他們四個是非罰不可，這也是讓你知道，當老師的比學生更不能犯錯。他們犯錯，大不了就是自己扛。如果當老師的犯錯，」張組長右手握起，突出拇指，往右肩的後方，也就是牆外B team四人組罰站的地方一指：

「那就會害學生幫你扛。」

*

懲處隔天就下來了，何博思被告知之後，心裡像是被一記悶雷劈過一樣。

張組長傳來的第一個指令是，這項懲處必須由何博思自己告知學務主任。

當傳話筒本身並不算什麼，重要的是加上第二項之後的效果。

第二個指令是，B team由於在上課時間有違規行為，所以必須連續一個禮拜向教務處報到，由教務主任指派，進行「服務學習」。「服務學習」這個名詞，不是林尾高中平常會用的，但對剛從大學畢業沒多久的何博思來說，一看就知道，那只是換了一個名字、換了一個單位的「出公差」而已。

這太荒謬了。

雖然這項「懲處」，相對於解散B team，真的是非常非常輕微的。張組長完全可以自稱是從輕發落，而何博思也只有連連稱謝的餘地。但他啞巴吃黃連的地方就在這裡。將違規的情境，含糊地講成「上課時間」，是為了迴避更根本的荒謬：從嚴格的校規角度來看，B team就是在執行出公差這項「特權」的期間犯錯的，而教務處的懲處方式竟然是，讓他們繼續享有這項「特權」，只是管轄權要轉給教務處。這擺明是為了搶人力來的，學生犯錯固然該罰，借力使力跟學務處過不去才是真正的用意。

而如果說第二道指令是處罰B team的，第一道指令就是處罰何博思的——教務處作為實習業務的主管，要求轄下的實習老師去衝康他現在服務的處室，拔走學務處的人力還派小弟侵門踏戶地「告知」。不管他願不願意，他都成為了內鬥的棋子。

有大義名分。有鬥到對手。甚至還做了表面上的人情給何博思。

這是教務主任的意思吧？他還記得教務主任解讀師父指令的深湛功力。

總之你自己注意一點。

鄭老師昨天才說的。

他以為自己可以張開保護傘，頂著上頭的壓力，顧著幾個學生。但沒想到的是，只要一存此念，學生就會成為他無法拋棄的人質。任何人只要能威脅學生，他就得吞下去。在這小小的校園內，誰也沒有地方躲。

何博思沒有選擇，同時把話傳給了B team和學務主任。

小惠和寧寧的表情瞬間放鬆了不少，阿翔則是急急問了一句：「那Boss你有沒有怎樣？」立刻被小惠白眼：「你問這什麼問題，講得他好像又出一次車禍一樣。」發哥倒是認真，繞著何博思走了一圈，上上下下打量一輪，好像真的在檢查傷勢一樣。

「下節課就去找教務主任報到吧。不要讓我難做啊。」

「好！」發哥興致高昂地說。

學務主任聽完之後，只是露出饒富興味的眼神，回了一句：「好，我知道了。」何博思心內不安，迭聲道歉，說自己管束失職。明面上是這麼說，暗裡當然是為了延誤大禮堂的清掃業務，打亂畢業典禮的籌備步調而道歉。

主任只是笑了笑，搖頭說：「沒關係的，他們本來就不是編制人力啊。總會有辦法的。」

何博思閃過了一絲不安的念頭，但當然沒有問下去。接下來的幾天，B team的人都在幫教務處送公文。工作非常輕，卻被指揮著跑遍全校上下，簡直是教務處的火力展示。不到半天，全校都知道學務處派B team去打掃大禮堂，掃不到一天，整組人就被教務處搶走的事情了。

發哥來送公文，並且想要跟學務主任講笑話時，學務主任聲調溫和、卻頭也沒抬地說：「謝謝你。我現在有點忙，你去講給何老師聽吧。」

從發哥的眼中看起來，整個學務處應該都很風平浪靜吧。所有人都專心地對著電腦打字，偶爾接接電話，就像一直以來的每一天一樣。

何博思努力不讓自己的笑聲聽起來太勉強。

B team的成員還是會在群組裡面報備行蹤，但所有指令都是由張組長直接下達了，何博思只是被告知。但尷尬的是，在全校教職員眼中，B team仍然是「他的人」。所以要是有什麼耳語，想必也是算在他頭上的，徹頭徹尾的有責無權。

慢慢地，B team開始有送公文以外的工作了──如果有任何處室去跟教務處借人的話。有人看到阿翔推著總務處的工地用手推車幫忙運送水泥，旁邊是抱著對他來說有點太大的三支鐵鏟、努力前進的發哥。寧寧和小惠也受人事室之託，親手把暑假自強活動的投票單送到每一位老師、組長、主任手上。當然，只有學務處沒有提出借公差的需求，雖然這個制度是學務主任想出來的。

而教務主任顯然認為，當初能保住發哥，以及後面B team的壯大，是他居功更多。他想讓全校都知道誰才是作主的那個人。

教務是傳統的天下第一處，哪有被一個管管生活常規、辦辦活動的學務處佔盡鋒頭的道理。

學務主任每天還是溫溫地笑著。

隔週二的校務會報，學務主任就帶著這個笑容上台，接在教務處的報告之後，提出了業務需求：今年的畢業典禮謹遵師父指示，要在新落成的大禮堂進行，希望各單位能夠共襄盛舉，圓滿完成這次歷史性的盛會。而由於畢業典禮的籌備迫在眉睫，學務處亟需人力來清理活動中心、排放桌椅、布建大型硬體設備。為了讓畢業典禮順利進行，也為了讓在校生有參與感、有機會表達他們對學長姐的依依離情，所以學務處建議，由高一高二的二十個班級中，抽出九個班來參與清掃與整理的工作。學務處已經精算過人力，如果一次出動九個班的話，一個下午就能完成所有工作，是效率最高、又不會耽誤學習進度的兩全辦法。

教官室立刻跟進表示：畢業典禮和活動中心的啟用，是師父這學期最看重的兩件事。在這麼重要的業務上，教官室當然義不容辭。所有教官都能出動，分擔學務處指揮九個班級的龐大工作。

原來這就是「總會有辦法的」。

師父的大帽子先扣，學務處跟教官室分進合擊。學務主任沒有指定要派哪幾個班，所以如果這事成了，協調的工作就會落到教務處頭上。集中在一個下午看似貼心，事實上會讓課更難排，全校老師的進度都會大亂。要九個班的數字應該也是想過的，既能多到造成困擾，又沒有過半；把「整理大禮堂」偷換成「整理活動中心」，更是讓這個數量看起來比較合理了——而誰又敢在師父面前說「只要整理禮堂就好，其他可以不用」？更令人頭痛的是，學務處開出的班級數是單數的，意思是，高一高二必然有一個年級要多出一個班，兩個年級的導師和召集人一定會爭個你死我活。

你抽走我四個人，我就跟你要九個班。

要降低人數嗎？要換成八個班甚或是四個班嗎？當然都是可以談的，但如果要降，教務主任就要被逼上談判桌了。

師父微微頷首之後，教務主任的臉色就更難看了。

這也是沒辦法的事，就算純以明爭暗鬥的角度來看，教務處這幾天也是秀得有點得意忘形了。學務處默不作聲幾天，原來是先蹲後跳。

實習三個多月，何博思對這種場景已不像初時那麼震驚了。但想到往後的日子，別說要再待幾十年了，在這種環境下再待一個月，何博思都感到萬分疲憊。教務處能出一招弄人，學務處當然就能用更大的一招回擊。眼下看來教務處要吃大虧了，但焉知下一次、下下次會議，他們不會再從另一個角度出手來牽制學務處？

如果留在林尾高中，這就是他以後的生活了吧。

如果——如果在其他學校，其實也是一樣的呢？

思緒還在飄，他口袋裡的手機忽然震了一下。是B team的群組訊息。

阿翔：Boss你在哪裡　發哥受傷了！

*

「又發生什麼事了？」

話一出口，何博思就被自己不耐煩的語氣嚇了一跳。

他本來沒有任何想要對B team發脾氣的意圖。這是遷怒。他並不覺得自己有這麼扛不住，但顯然他高估自己的情緒控制能力了。

四個人都在保健室了。護士廖阿姨難得也在，是小惠打電話叫回來的。這次不是玩笑了，發哥坐在對他來說略高的病床上，雙腳懸空，眼睛哭得比平常更紅腫。寧寧在滑手機，直到何博思進門才抬頭。阿翔則搓著手走來走去。

何博思走近，發哥的傷勢有點複雜。左腳的腳掌有幾道不平整的傷口，最深的甚至有一點粉紅色的肉翻出來了，像是被什麼東西劈砍下去一樣。除此之外，短褲沒有遮住的小腿部分，也刮了幾槓不深的擦傷。發哥兩隻手都沾了一些泥，廖阿姨一邊清洗，發哥就一邊哭腔喊痛，顯然上面也有傷口。

「總務處說要移花盆……然後……然後發哥就被砸到了……」

「你們不是第一次搬花盆了吧？」

「因為，」阿翔吞吞吐吐地說：「那個花盆太重了，他，他搬不動。」

「搬不動為什麼還讓他搬？」

「因為……」

阿翔像是噎到什麼一樣，停了下來。

「因為什麼。講。」

「就是……」

小惠嘆了一口氣，接過話頭：「我們在打賭。賭發哥可以搬起來。阿翔賭不行，我賭可以。」

然後發哥當然就去搬了，他樂意接受任何命令。但當然也因為力氣不夠，花盆掉下來砸在自己腳上。林尾高中的花盆是用厚重的、磚塊一樣的材質組成的，砸破了大概會變成四分五裂的、鈍器一樣的破片吧。原來小腿是這樣擦傷的，原來腳掌是這樣劈傷的。何博思腦袋轟轟作響，想著鄭老師的警告，想著張組長的斥責，想著教務主任的示威和學務主任的反擊。祕密的談判還在暗處進行中，等著看好戲的教職員也在暗處竊竊私語。眼前看似專心上藥的廖阿姨，一定也會記住今天對話中的每一個字，然後加油添醋傳播出去。她會不會在推輪椅時跟師父說什麼呢？天知道。

頭痛欲裂。他心裡有個「當然不能體罰」的聲音浮現起來，但這一刻他真的很想在誰的臉上摜一拳。

深呼吸，他開口，用前所未見的冰冷聲音說：

「不是說好了會配合嗎。讓你們出公差出成這個樣子，先是不守規矩，然後是有人受傷，下次我是不是要看到誰斷一隻手斷一隻腳？這麼不想做可以不要做，省得大家整天提心吊膽，為你們的事情忙來忙去。」

四雙眼睛看著他，第五雙則是假裝不看他。每說出一個字，B team小組成員的神色就暗下一點，等到最後一個字講完，整個保健室就像是黑了半邊天一樣，敷上了一層難以透視的暮色。

何博思一面生氣，卻又一面覺得心軟。他不想毀掉好不容易建立的信任，但他不能不罵給廖阿姨看。不然話傳出去了，事態恐怕又要生變，他現在最不能有的形象，就是成為一個縱容學生、太寵學生的實習老師。他沒辦法跟B team解釋，他們已經捲入一盤不是自己在下的棋了。身為棋子，做小伏低還有機會換到一點什麼，一旦太不受控制，那不管哪一方都會把他們當棄子送掉的。

但他一想到這一層，就更是對自己厭惡了起來。

這裡就是他正式「收」了發哥和小惠的地方啊。

他沒有辦法忍受保健室的沉默，生硬地一轉身，逕直走了出去。

*

一整天下來，群組裡再也沒有動靜了。他們也許躲回各自的窩裡了，也許沒有，但何博思不知道該怎麼開口問。他沒辦法忘掉他們失望的表情，身為老師，這竟讓他不敢面對學生了。其實也不過是在玩，真是那麼嚴重的大事情嗎？

學校是個不允許快樂的地方嗎？

他曾經在學校裡度過非常快樂的一個禮拜。

真要算起來，進入林尾高中只是他的第二次「轉學」。他的第一次轉學，是在三年級升四年級那個暑假。那時母親和父親離婚，搬回娘家的小鎮上，他便跟著一起轉學。小鎮以陶瓷聞名，一見面舅舅就送他一個食指大小的陶瓷士兵吊飾。他把它掛在筆袋的拉鍊上，用鑰匙圈的鐵環箍住，然後放進了準備要帶去新學校的書包裡。

隔天，何博思背著書包去學校。直到走進校門口的那一瞬間，他才發現一個很嚴重的問題：沒有人告訴他，他應該去哪一個班級報到。

是啊，他轉學了，新學校應該會把他分配到一個新班級去吧？

他在原來的學校是三年五班。所以他應該要去四年五班報到嗎？

他不敢問老師，於是偷偷躲在中庭通往二樓的樓梯間，仔細看著每個人的名牌。他發現新學校的名牌只有四碼，比如「3216」或「1127」。這間學校看起來學生很多，不像以前老師說過的那種偏鄉小校，所以每個班級人數不會太少，後兩碼應該都是座號吧？這樣的話，前兩碼就是班級囉？

沒多久，他就等到一個名牌上繡著「4514」的男生。何博思偷偷跟在他後面，一面想：啊，不知道他們一個班最多幾人呢？如果有六十七人就好了，這樣就會有人的名牌是「4567」了。搞不好，最後這一號還會排給轉學生呢。他想著想著就笑出來了。

四年五班位在三樓最左邊的一間，走廊盡頭有一面只要何博思稍微踮腳，就能看到操場的矮牆。他確定教室位置之後，就不再跟著「4514」了，轉身去攀著牆。牆壁的長方形皮膚色磁磚靠起來有點冰涼，如果能再長高一點，整個人趴在牆頭上，一定會更舒服的。但他已經長得夠高，足以越過牆頭，看到底下的操場了。從這個高度往下看，每個人都變小了，卻還是能清楚看到表情。

那是兩個班級在打樂樂棒球。兩邊都穿著比賽衣，一紅一白，球被打出去的時候，所有人一起啟動跑步的樣子非常好看。

一下子不進教室不會怎樣吧？

一個念頭突然閃進了何博思的腦袋裡。

我是轉學生，會迷路也是很正常的。就假裝我迷路，等老師來找我，我再乖乖進教室就好啦。

念頭一起，何博思就有點興奮到無法抑制了。他知道自己想到了一個好主意，就在這股興奮中，他全速衝下樓梯，沒幾秒就鑽進了操場。

接下來的一個禮拜，何博思每天都很期待上學。早上，他收拾書包，準時跟母親說再見。到了學校，他就直奔操場——新學校有三塊操場，正面的大操場在升旗的時候，他就跑去左邊的遊樂器材區盪鞦韆、溜滑梯；為了不要被發現，他不會在體育課上課時間亂入右邊的籃球場和樂樂棒球場，但會在體育課下課時假裝路過，跟還不想收球具的其他學生報隊。他從早玩到晚，中午拿二十元去福利社買一塊麵包，渴了就在飲水機喝到飽，然後睡在圓筒形狀的溜滑梯裡。

他很快就交了朋友，其中還包括了４５１４那個男生。上課時間操場沒人，他就一個人在旁邊挖沙子玩。一到下課，他會幫新認識的朋友佔場地，讓他們有最好的球場可以打躲避球。沒有人比他更適合佔場地了，因為大家都要鐘響才能出教室，何博思不需要。４５１４

很強，又會閃又會丟，在以前的學校裡，體育平平的何博思是不一定有榮幸能跟他同隊的，但在新學校不一樣，他能佔場地，他就不會被任何人拒絕。

「你為什麼沒有名牌啊？」有時會有人問。

「我放在教室。」何博思含混地回答。

一週之後，終於有巡堂的老師發現不對勁了。先是一個女老師經過，叫住了他，也問了一樣的問題：「同學，你怎麼沒掛名牌？」

「我放在教室裡。」

「教室？現在上課時間了，你要趕快進教室啊。」

「好的。」何博思點頭，但沒有移動腳步。

女老師的眼神閃過了一絲懷疑：「你哪個班的？」

何博思沒想到會被這樣問，直覺地回了：「四年五班。」

「那快回去啊，都要遲到了。」

他趕緊往四年五班的方向邁步。他已經知道新學校規定不可以在走廊上奔跑了，標準是兩腳不可以同時離地。何博思全力在不犯規的情況下快走，盡快閃過女老師懷疑的視線。

好運氣似乎用完了。女老師之後，接著是一名正在指導大隊接力的體育老師，再來是一個拿著硬紙公文夾的男老師。

後來他才知道，那是校長。

校長本來以為是四年五班老師嚴重失職，竟然上課超過二十分鐘了，還放一個學生在外遊蕩。小學生可不比高中生，導師是絕對不可以讓學生離開視線的。萬一出了什麼意外，哪怕只是受一點皮肉傷，家長都會鬧到全校雞犬不寧。校長面色凝重地押著何博思回到四年五班教室，一問之下，只見導師一臉茫然：

「這不是我們班的啊！」

至此才終於穿了幫。校長下令給主任，主任下令給組長，查來查去，全校學生名冊裡就是沒有何博思的名字。他們懷疑何博思是隔壁學校的孩子混過來找朋友，但何博思始終堅稱他是本校的學生。他們請隔壁學校的組長幫忙查了查，也沒有他的名字。最後，他們問出了何博思家裡的電話，打給萬分震驚的母親，這才發現：原來這是一個掉進神祕時空的轉學生——依照正常程序，從原學校轉出之後，原學校會在暑假送一份公文照會新學校，讓他們知道要把轉學生編入其中一個班級。但不知在哪個環節出了錯，原學校寄出的公文消失了，新學校根本不知道自己有新成員。

何博思等於在教育體系裡隱形了七天。

最快樂的七天。

真相大白之後，他還真的就被編入四年五班。那一班的老師還不錯，4514對他也很好。不過，新班級規定不能帶玩具，他的陶瓷士兵吊飾很快便被老師「保管」了起來。然而最讓他覺得可惜的，並不是這個吊飾，而是這個班總共只有三十幾個人。因此，他既沒有成為當初夢想的4567，也無法像隱形的那一個禮拜那樣，跑第一個幫大家佔場地了。

直到今年，他第二次轉學。

他好不容易又擁有了佔場地的能力。

*

人們總說行政處室的效率不好。其實如果真要快起來，每一個行政人員都是很敏捷的。早上才開的校務會報，過一個午休，所有的結論就都橋定了。

在教務主任親自出馬，充滿誠意地與學務處溝通之下，學務主任同意選在本週五下午打掃。這樣扣掉一節社團時間、一節週會時間，教務處需要協調課程的時數瞬間少了一半。同時，學務處也大方同意，第一階段可以先處理二樓大禮堂和三樓座位區就好，其他部分就暫緩。所以需求班級從九個降到六個，剛好可以由高一、高二各派出三個後段班來出公差。

而B team在這幾日的服務學習中表現良好，戮力從公，甚至有同學因公受傷，教務處認定他們已經徹底悔改了，故宣布即日起停止對他們的懲處。

趁著學務主任心情極佳的時候，何博思提了一個關於畢業典禮的小小建議，主任很爽快地採納了。

林尾高中又再次歸於平靜了。

對峙起來都是劍拔弩張，但起因跟結果卻又都輕盈得像是兒戲。

Boss：你們在哪裡？

Boss：喊個聲啊

何博思故作輕鬆地傳了兩則訊息過去。很快的，所有人都已讀了，但沒有任何人回應半個字。連「正在輸入中」的訊息都沒有。

何博思暗嘆了一口氣。

身為大人，還是要負責踏出第一步吧。

要去跟他們道歉，然後親口告訴他們，一切都沒事了。

「早上那樣對你們很抱歉，只是最近壓力有點大。」

這麼說他們應該就能懂了吧。

何博思開始一個個巡視他們的窩。他才不相信他們會乖乖回教室，一定是全部躲起來生悶氣了。但是他越找越困惑。保健室裡沒有發哥，輔導室裡面沒有阿翔。小惠沒有躲在學務處的小間，寧寧也沒有在孝親六樓的女廁裡。他們每一個人的窩都是空著的。就算小惠跟寧寧可以隨便找間女廁關起來，阿翔和發哥也不該原地蒸發才是。

難道真的回教室了？

可是剛才經過一丙的時候，並沒有看到發哥。

他不可能一個人在外面遊蕩，而不被發現的。

該不會——

何博思一拍腦袋。有個新的、超級明顯的窩啊。

推開活動中心大門時，他心情已經從早上的鬱悶，變得有點啼笑皆非了。每隔一段時間，就要跟這幾個小鬼玩解謎遊戲。

之後帶他們去玩密室逃脫好了。讓專業的來整治整治他們。

然而當何博思走上二樓禮堂時，發現自己猜錯了。整個活動中心空無一人，他自己一人的腳步在建築物內陰森森地迴響著。窗邊倒是還停著上次沒用完的板車和水桶。寧寧在台上唱歌的樣子還記憶猶新，但卻是一種恍如隔世的記憶猶新了。

沒關係，解謎遊戲也是他們鬧彆扭的一部分。

何博思已經不是剛來學校、搞不清楚東南西北的菜鳥實習老師了。

但會在哪裡呢？

何博思站在活動中心大樓門口，眼前是寬闊平坦的大操場，上面除了一個正在上體育課的班級以外，什麼都沒有。右邊過去是逸仙樓、孝親大樓、志清樓組成的ㄇ字型大樓群，那裡面每個可能的地方他都找過了。

他的眼睛越過操場，突然發現了一個自己從沒去過的地方。

在志清樓的外側，有一間鐵皮小屋，孤懸在操場邊緣。

那是什麼地方？他邁步前進。

然而越靠近，他越覺得應該又猜錯了。那是一幢只有一個小間，截面積甚至不及一間教室的屋子。走到它門口時，裡頭傳出陣陣甜腥的異味。雖然它沒有掛上任何牌子，但一望即知，這是收垃圾的地方吧。外面都臭成這樣了，裡面怎麼可能躲人呢？不說別的，小惠一定第一個反對。

但既然都到了，他還是把門推開。

室內倒沒有他剛才想像的那麼可怕。說它是收垃圾的地方並不精確，事實上，這是一間資源回收站。好幾個粗大的垃圾桶整齊地排在牆邊，裡頭塞滿了廢紙、寶特瓶和玻璃。回收站裡的燈光不是很充足，一眼看不清所有角落，於是他往裡面多走了幾步，沿途碰過的垃圾桶發出了細碎而清脆的聲響。

最遠處的角落裡，有四雙看著他的眼睛。

「Boss，」小惠的聲音失去了往日的元氣，當然也不再字正腔圓。如果何博思沒有聽錯的話，那語氣甚至可以稱之為委屈：「我們很麻煩對不對？」

「你是不是也想要解散我們了？」

何博思一一注視每一個人。現在，在這個悶熱且氣味不太好聞的空間裡，每一個人的表情都是嚴肅的。

他雙手抱胸，略微低頭，做出了沉吟的樣子。

「你們還想要繼續嗎？」

「想。」阿翔說。然後每個人都點了頭。

「會更小心保護自己嗎？」

「會。我會好好看著他們。」寧寧學姊說。

「發哥？」

發哥用力地點頭，一邊抹掉眼淚和鼻水。

「好，如果是這樣的話，我有個條件。」

小屋內的空氣輕微地震動了一下。

何博思終於露出了今天的第一個笑容：

「從今天起，你們要開始練習——為了在六月底的畢業典禮上，在全校老師、同學和家長面前，領唱畢業歌。」

作者 BoThink (BT) 看板 shen-ru
標題 [第七夢]
時間 May 13 10:47:06 2019

「BT，我收到了R組長的來信。他通知我，你在學校裡面的行政成績非常低，照這樣下去，這學期的實習分數不會及格的。我猜你可能還不知道，或者你已經猜到了。

我明白你的脾氣，你不是會擺爛工作的人，我想，我們都知道行政成績低落的真正原因是什麼。也正因為我明白你的脾氣，所以我想以指導教授的身分再勸一次：想一想我給你的忠告。這應該也是R組長先通知我，而非先通知你的用意。

如果你的實習分數不及格，師培中心照例會去函請求他們重新檢視，但最終決定權仍在他們。我們不樂見任何一名學生拿不到完成實習的證書，這等於是讓你做半年的白工。不管你有什麼理念，要在正式的位置上才能實行，不是嗎？你也是成年人了，再想想吧。」

後來我就在這裡了。
或者該說
終於
終於到這裡了。

--
※ 發信站: 批踢踢兔(ptt2.cc), 來自: 29.352.264.180

8 大禮堂

畢業典禮的流程表上是這樣寫的：

10:35，校長致詞。

10:42，畢業生致答詞，畢業生代表從校長手中接過畢業證書。

10:47，B team全員在布幕背後Stand by完畢，準備領唱。

10:52，在校生代表進入禮堂，獻花、行餞別禮。

雖然前半根本沒大家的事，但因為Boss說這是重要活動，沒有失誤的空間，因此大概十點左右，B team的全體成員就已經到大禮堂舞台的背後待命了。寧寧還是穿著標準的亮橘色長袖運動外套，而沒有換成跟其他畢業生一樣的夏季制服襯衫。但是她的胸口別了一朵豔紅的胸花，底下銜著一張舌頭一樣的紅紙條，上面印著「畢業生」三個字。

寧寧還真沒想到自己有機會出席畢業典禮。

本來好像也沒有很在意的，但被Boss一提，竟然有一種遺憾被彌補了的感覺。

她跟台下的這群高三生都不太熟，卻也想要和大家一起畢業，這實在是太奇怪了。

或者真要說起來，能跟B team的人窩在布幕後面，準備最後一次出公差，這更像是畢業的感覺吧。

下學期開始，B team就只剩下三個人了。

——也許新進來的一屆，也會有待不住教室、想要在學校裡面找個窩、隱形起來的學弟妹？

小惠抱了四支麥克風過來，每個人都領了。現在不能隨便打開，以免干擾到前面的貴賓致詞。早上阿翔通通測試過了，四支都功能正常，電池飽滿。測試完之後，小惠悄悄地在寧學姊的麥克風上做了記號。除了這支以外，其他三支的電池都被拔掉了。現在不打開，也就不會讓發哥提前發現異樣。

發哥天生節奏感就不好，發音也不準，這一個月來怎麼練習都救不回來。搞到後來，團練時間好像都是在訓練其他三人的抗干擾能力一樣。但看他練得那麼認真，誰也不忍心把他排除。於是小惠跟Boss偷偷商量好，反正對發哥來說，最重要的是跟大家一起唱歌的感覺；而這次的領唱節目，主要也是為了今年要畢業、而且唱得最好的寧寧學姊辦的。所以，正式表演的時候，小惠、阿翔、發哥的麥克風都會消音。B team裡知道這件事的，就只有小惠和阿翔，他們兩人自願陪發哥一起拿消音麥克風。

然後他們一起陪寧寧學姊領唱。

事實上，這個節目的改動幅度不只如此。何博思最早向學務主任提議的時候，並沒有像他後來轉述給B team的那麼輕描淡寫。學務主任成功地透過校務會報逼迫教務主任低頭，雖然因而心情大好，但也沒有high到失去判斷力——別說本來畢業典禮只打算放CD，根本沒有領唱這個節目；就算有，也是要把模範生叫上舞台，沒有讓B team這些殘兵敗將出鋒頭的道理。

光是想到寧寧又穿著橘色運動外套上台的畫面，學務主任就覺得頭皮發麻。

但何博思再三對主任強調，寧寧的聲音非常令人驚豔，上台之後絕對會讓貴賓們留下美好的印象。而選擇成績比較落後的學生來貢獻才藝，更能顯示學校因材施教、適性揚才的教育愛，相信師父也會同意這麼做的。同時，何博思在電腦上放出了寧寧之前唱的〈風箏〉MV，裡面是全台各縣市十五個明星高中的學生，穿著制服、走出校門、齊聲合唱的畫面。何博思把心裡早就排練好的說詞講了出來，完全沒有一點言不由衷的樣子：

「師父非常看重今年的畢業典禮，如果這個節目能夠成功，等於是開了一個新的例，剛好可以展現我們的熱誠。雖然這些孩子成績不是很好，但選用一流名校的學生寫出來的歌，正是一種激勵、一種正向教育，想必能讓孩子們產生『有為者亦若是』的想法。在家長和貴賓面前，也是表示我們林尾高中的氣勢，我們有自信和各地區的明星學校比肩齊步，平起平坐。更何況，您看這首歌的歌詞，完全符合畢業生鵬程萬里的情境，也能表達學校的祝福之意。」

說著說著，何博思差點都以為自己是在校務會報上，對著在輪椅上攤成一團的師父說話了。

畢竟耳濡目染了三個多月，這套修辭方式已經聽到熟極而流了。

這段話，某種意義上來說，確實是說給師父聽的沒錯。雖然眼下要說服的是學務主任，但何博思明白，重點是自己能不能講出一段，讓學務主任可以去說服師父、讓師父聽得舒服的話。

螢幕的反光打在學務主任臉上。他的表情漸漸從沉吟轉成微笑。

「這詞確實寫得不錯，不愧是第一志願的。」

賭對了！

學務主任抿抿嘴，一個打挺坐直了身體，用一種領導者獨有的、果決勇敢的語氣說：「好，這個提議不錯，我們之後來研究研究。其實呢，我覺得只要改一個非常小的細節就好。既然重點是領唱，是歌聲，那我們就讓李佩寧同學完全發揮她的優勢——不如他們到時候就在後台，我們牽幾條麥克風過去，人不用現身，就用純粹的聲音征服大家，這樣也很棒啊，哈哈。」

何博思知道，主任說到這麼細節，這事情就算是已經成了。

對學務主任來說，這個節目設計成只出聲、不現身是最好的解法了。比起教務主任，他是一個更願意嘗試新做法的人，不然當初也不會那樣處理發哥的事情。即使如此，他在林尾高中能站穩學務主任的位置，也不是僥倖得來的。這解法既可以在他手上創制一個別出心裁的節目，又可以迴避掉寧寧，或整個B team站上舞台丟人現眼的尷尬。而全校教職員只要看到活動規畫表，全都會心知肚明，誰才是這場B team主導權搶奪戰的最後勝利者。

裡子、面子全拿了。

何博思當然沒有討價還價的空間。

所以他向B team提這件事的時候，也自然沒有提起自己最初的、希望他們在舞台上風光接受歡呼的構想，假裝一開始就是要以一個神祕團體的姿態出道。

「好好練啊，會印在正式節目單上的。」

於是幾個禮拜以來，B team成員一有空就躲到活動中心一樓來。那裡本來就有設計給音樂課專用的教室，不但有音響設備，牆壁也做過隔音處理，就算張組長像上次那樣走進大樓，也不可能聽見任何一絲雜音。更何況，現在練唱已經是學務主任直接指派的公差了，唱得再大聲、再開心都沒關係了。

我飛得理直氣壯
我唱得比誰都爽
征服逆風的阻擋

一開始是發哥，每次唱到副歌第二句的時候，他就特別用力地吐出「爽」這個字。這讓他很爽，因為可以光明正大地講出一個近似於髒話的詞。寧寧發現之後，微微一笑，也無可無不可地跟進。接著是小惠。最後是猶豫著不想罵髒話的阿翔。到最後，只要唱到「爽」字他們就會開始偷笑，有幾次甚至笑到唱不下去。

「好了啦，幼稚欸你們。」

寧寧學姊會出聲阻止大家。然而撐不到半秒，她也會「噗」地一聲笑了出來，大家又通通笑成一片。

但在最後一個禮拜，他們還是練到了可以不笑場唱完整首的程度。

因為沒有音樂老師的指導，Boss本人又唱得比發哥還爛，所以他們完全是自立自強，僅僅是把旋律和歌詞唱熟而已。什麼呼吸啊、發音啊、轉音什麼的，當然通通管不上了。不過他們倒也不擔心，因為只要有寧寧學姊的美聲，這些全都不重要。

時間一點一點接近，他們在後台安靜地等待著。

大禮堂的冷氣很強，就算前面的貴賓、師長、家長、學生加起來已經超過一千人了，還是一點六月的燥熱感都沒有。大概是因為有點緊張，冷氣吹到身上時，大家都覺得身上的汗珠跟碎冰一樣冰涼。

校長致詞。然後是畢業生致答辭。然後輪到他們。

在他們唱完之後，會由一、二年級各派出三個升學班組成的「餞別隊」，從禮堂外列隊走入。他們每個人手上都會捧著一小束人造花，穿越走道中央，形成一條從門口到舞台、貫穿禮堂的隊伍。接著，按照之前的彩排，他們會分別轉向左右，對著兩側的畢業生們鞠躬敬禮，然後把花束拋向空中，分送給畢業生們。

這也是今年有了大禮堂之後，學務處想出來的新橋段。

當然，坐在中央走道的兩側的班級，通通都是三年級的升學班。

所以Boss告訴他們，這是一個先祝福、後歡樂的順序。他們負責祝福的部分，所以要把氣氛唱得溫馨一點。

「誰知道什麼叫作氣氛溫馨一點啊，那首歌就那樣啊。」

寧寧學姊兩手一攤。

「隨便啦，反正好聽就好。」小惠說。

Boss說會在表演開始前，到後台來陪他們，但到現在都還沒有出現。

是張組長有事吩咐？可是張組長明明就坐在下面的師長席裡。鄭老師把他找去了嗎？不對呀，鄭老師的導師班是一丙，那可是待會兒要擔任餞別隊的升學班，不可能排課的。

等到十點半，B team的大家手機同時震了震。聲音不大，但在安靜的後台裡卻聽得分外明顯，四個人同時嚇得按住手機。也因此，同時看到了一則訊息。

Boss：學務主任那個王八蛋。幹

接著，在非常短暫的「訊息輸入中」的提示後，很快地傳來第二則。

Boss：取消了，對不起

取消了？這是什麼意思？

他們對看一眼，花了幾秒才從最初的震驚中反應過來。

幹。

原來Boss沒有來，是被學務主任抓去談事情了？

不管他們到底談了什麼，這就是最後的結果了。

他們四人對看了一眼。

發哥看起來快要哭出來了。小惠趕忙捉住他的肩膀，右手比了一個「噓」的手勢。

阿翔一臉挫折。

反倒寧寧學姊的表情淡淡的。她拿起手機，按了幾個鍵。

寧寧：Boss，沒關係

寧寧：別太在意

發完訊息，寧寧學姊輕聲說：「我們走吧。」

「走去哪？」阿翔愣愣地說。

「都可以。」

取消是學務處的命令。既然如此，為了確保B team不會突然出聲打斷流程，一定正在通知其他組長或教官，要他們來後台找人了吧。

就算要走也不想被他們趕走。

小惠不明白寧寧學姊為何可以表現得那麼淡泊。這太明顯了，她沒有辦法裝作看不出來：平常這些主任、組長、老師一個個都和藹可親，稱讚他們辦事又快又好，但骨子裡根本沒把他們當一回事。寧寧學姊的高中畢業典禮只有一次呀！被看不起的感覺，小惠並不陌生，她也知道自己不算什麼好學生，有泡泡病、偷懶貪玩、還整天找漏洞鑽。可是，如果從一開始就看不起他們，為什麼還要騙他們、騙Boss，讓他們白白抱著希望，認真練習一個月？

先哄哄你，然後再隨便取消掉。這讓小惠有一種比被看不起還惡劣的感覺。

她有一股衝動，想要搶過寧寧學姊手上的麥克風，直接鬼吼鬼叫一陣，把這個畢業典禮搞爛掉算了。

如果這件事只與她有關，她一定會這麼做的。

可是——

這是Boss的第二次實習了，這是最後一個月了。

但寧寧學姊的畢業典禮怎麼辦？……

好像聽到她心底的聲音一樣，寧寧學姊走上前，拍了拍小惠的頭。

「沒事的，反正我快要離開這裡了。你們還要待著，這才是最重要的。」

＊

Boss完全失去音訊了，連訊息都沒有讀。

他們沒有商量，但一走出活動中心，四人都很有默契地往資源回收小屋拐了過去。他們想要找個窩待在一起，靜靜地等待畢業典禮結束。而只有一個窩可以安全地容納所有人，不被人打擾。

整個操場上都沒有人，像座沒有一絲風的湖面一樣平整。

遠方的逸仙樓，傳來一點點因為教室在上課而潑灑出來的音浪。模模糊糊的，什麼都聽不清楚。

在這樣空曠的地方走著，很容易讓人感覺到，自己其實不屬於任何地方。除了身邊同行的人以外，他們似乎跟誰都沒有關係。

Boss去哪了呢？

是不是又跟發哥受傷那次一樣，自己覺得做錯了，就羞愧地跑去躲起來了？

阿翔在想，也許他也應該傳訊息跟Boss說沒關係。不要好像只有寧寧學姊原諒了Boss，其他三個人都在生他悶氣一樣。

要被學校的老師當成好學生本來就是很困難的，這點阿翔比誰都清楚。

經過操場邊緣的沙坑時，阿翔忍不住多看了一眼。裡面還是有一大堆碎石頭，看起來比沙子還多。他仍然沒有放棄念軍校、加入特種部隊的夢想，但已經好久好久沒有到這個沙坑來練習爬天堂路了。自從跟Boss他們混在一起之後，雖然常常會忍不住做一些違規的事情，但他卻比從前的任何時候都還明確知道，自己正在當一個善良的人。他說不清楚，但他知道這跟當一個老師眼中的好學生看起來很像，事實上卻是有點不一樣的。

阿翔想通了。

沒錯，他確實應該傳訊息給Boss。但不是跟他說「沒關係」，而是要跟他說「謝謝」。有沒有真的領唱，其實也只差三分鐘。在那三分鐘以前，每一分每一秒都是真的啊，這樣就夠了。

想到這裡，他們剛好走到了資源回收小屋門口。阿翔停下來，想在光線比較充足的外面，先把訊息傳完了再進去。然而他的手才剛伸進口袋裡，整個地面忽然顫抖了一下，就像一陣小小的地震，也像是他們第一次在大禮堂打開音響設備時的感覺。他下意識一抬頭，發現其他三個人都瞪大了雙眼、張大了嘴巴，看著他身後的方向，好像他背後有什麼可怕的怪物一樣。順著其他人的視線，他也轉頭。

天啊——

活動中心大樓像一隻被凍壞的巨大動物那樣，瑟瑟地抖動著。隨著抖動的頻率，從內部傳來了一陣鈍重的聲音。因為距離有點遠，所以他們並不能確定是不是聽到了人類的驚呼聲。就在這一兩秒間，建築物的外牆牆角噴出了一波煙塵，牆面和柱子隨即斷裂，巨大動物被打斷了前腳，痛苦地跪了下來。二樓以上的空間瞬間坍落，鋼筋、水泥跟石塊崩解的聲音組成了好幾波刺耳的哀號，就算隔著大半個操場，都還是能感受到那股衝擊力。

沒有地震，沒有火災，也沒有炸彈。

活動中心突然就坍掉了。

四人腦中同時浮現了大禮堂的平整地面，以及地面裂開一個大洞，把所有人都吞沒進去的畫面。

畢業典禮——

「裡面有人！」

阿翔大喊一聲，想也沒想就拔足要跑上前。

沒想到才一邁步，頸後的衣服就被拉住。

「你給我等一下！」小惠厲聲說。

「救人啊！等什麼！」

「你他媽給我停！」

阿翔這才止住了腳步，怒目瞪視阻止他的小惠。

「小惠說得對，」寧寧學姊的聲線有點不穩，不過還是比小惠更冷靜：「阿翔，你先不要急著衝進去。你怎麼知道裡面的狀況？如果還在崩怎麼辦？如果裡面起火了怎麼辦？你一個人可以救幾個?——你冷靜一點,你衝進去了,發哥也會衝進去。如果你們也困在裡面了,我們要怎麼辦?」

逸仙樓、志清樓的方向,都有一些好奇地探出頭來的學生了。他們是聽到不尋常的聲音而跑出來的,並不像B team四人組那樣目擊了活動中心大樓崩塌的瞬間。他們的表情非常困惑,顯然還沒搞清楚發生什麼事情。

小惠心念電轉,迅速在腦海中跑了一圈流程。雖然她從沒遇過這種事情,不過她大概知道重點在哪裡。她知道必須立刻派事情給阿翔做,否則他一定會忍不住衝進大樓裡。雖然在這一刻似乎不該有這樣的念頭,但她覺得不值得為了一個這麼苛待他們的學校冒上生命危險。於是她顧不得語氣和禮貌,非常直白地下了指令:

「學姊,妳現在到保健室去,用保健室的電話報警。不要用自己的手機。如果廖阿姨在,妳就告訴她狀況,看她要怎麼聯絡醫院,或者需要怎麼處置。如果不在……那就按 #9呼叫看看,她也許也跟師父在裡面。不管誰接的電話,都跟他們說我們已經報警了,請他們堅強等待。」

「沒問題。」

「然後阿翔，你立刻去教官室。一定還有教官在值班留守，不會全部都在大禮堂裡面。你找到他，一樣告訴他狀況，請他召集人手應變。糾察隊，老師，什麼都好。去了之後，再去總務處，重複一次，他們也許有什麼工具或者可以聯絡什麼廠商來幫忙。但是，你給我聽好了，不管什麼狀況，你不准踏進活動中心一步，知道嗎？我知道你想救人，可是Boss不在裡面，如果你有什麼差錯，我沒辦法跟Boss交代就算了，要是Boss為了救你也賠進去，你就死定了你。」

「……好。」

「我會去找Boss，並且看好發哥。」小惠最後掃視B team的成員：「事情做完了別亂跑，就回來這裡集合。」

三組人馬上分頭散開。

事實上，小惠並不確定Boss在哪裡。

剛剛那麼說，只是為了讓大家安心。

Boss到現在都沒回沒讀訊息，這點令小惠很不安。距離他最後一次傳訊息已經有半小時了。小惠相信半小時前，Boss人一定不在大禮堂的，不然無論如何一定會過來找他們。但是在他們離開的這段期間，他有沒有進去大禮堂？他跟學務主任到底在哪裡談話？如果在學務處，那自然可以安心大半。如果他們一開始就在活動中心的某個地方，比如一樓的管理室或音樂教室呢？這樣一來，坍塌的樓板就很可能直接——

她搖搖頭不去想。總之，先去確認學務處就對了。

她帶著發哥闖進了孝親大樓一樓，三兩步衝入學務處。眼角一瞄，跑得比較快的阿翔已經在隔壁跟某位教官報告了。一如預料，學務處空無一人，所有組長大概都去支援畢業典禮了。小惠探頭看了自己的窩間，裡面也什麼都沒有。她繞出來，本來想問問教官是否有看到Boss，但看到值班教官開始手忙腳亂撥電話，一時也找不到空檔插話。就在她幾乎要抱著最壞的打算，放棄學務處去其他地方碰碰運氣的時候，她突然發現了不太尋常的景象。

「發哥，你今天早上有擦桌子嗎？」

「有啊！我也有講笑話！」

「每一張桌子都有擦？」

發哥癟起嘴，對於自己被懷疑很不滿意：「每一張都有。」

「所以……」小惠指著學務主任的桌面：「這張桌子早上有破嗎？」

可能是剛剛才看過大樓崩塌的畫面，震撼程度實在太強，因此對於事物的整齊與混亂暫時失去了判斷力吧，小惠直到現在才發現，今天的學務處不但空無一人，而且亂得極不尋常。寫著行事曆的黑板有一大塊糊掉了，粉筆和板擦大半散落在地上。兩三張椅子被推歪了，遠離平常該在的地方。學務主任桌上的螢幕也位置不正，好像被什麼東西撞過一樣。紙張、文具也有不少掃落在地，有線滑鼠勉強地攀附在桌子的邊緣。更重要的是，學務主任那張壓在桌面上、每天由發哥負責擦得亮晶晶的玻璃桌墊，此刻卻像是被狠狠重擊過一樣，冰裂成好幾塊了。

發哥搖頭。

Boss的背包不在座位上，桌面也沒幾樣東西是擺正的。小惠走到桌邊，把他平常不給人碰的那隻角落生物扶正，她覺得自己似乎猜到答案了，雖然她有點不確定自己想不想要猜到。在一片五味雜陳的懷疑中，她帶著發哥跑去警衛室。警衛伯伯一看到她，還沒等她開口，自己就劈哩啪啦丟了一串話過來：「小惠妳來得正好，你們那個何老師齁——」

於是，當寧寧和阿翔完成任務，再次踏進資源回收小屋時，看到的是一臉苦惱的小惠和一臉茫然的發哥。小惠的表情是苦惱而不是悲傷，這讓兩人稍微放了一點心，但還是搶話問了：「找到人了嗎？」

「找到了。」小惠說。遠方響起了救護車、消防車和警車的鳴笛聲，救援來得比想像中快很多，但小惠的表情依然沒有緩解：

「Boss這個北七。他在警察局裡。」

＊

何博思做完筆錄，離開警局。直到走進正午的陽光裡，他才有時間按開手機。B team的群組有幾則焦急的留言。但拉到最後，是寧寧用冷靜的語氣，摘要這一個小時內發生的事情。他已經知道活動中心崩塌的事情了，就像他們已經知道他被帶來做筆錄一樣。跟他一起來做筆錄的學務主任，早早就接到訊息，跟著一批十萬火急奔赴現場救援的警車走了。派出所內一下子變得空空蕩蕩的，只剩下值班員警和承辦他這個案件的警察。

派出所離學校不遠，他必須走回學校牽車。他剛才是被帶上警車的，所以現在沒有交通工具可用。

這個早上發生了太多的事情，他發現自己整個人都陷入了麻木的狀態。

當學務主任臨時把他召去，又臨時告知他要把B team的畢業歌領唱節目取消時，距離表演開始只剩下半個小時了。

他試著懇求學務主任收回成命，但主任似乎心意已決。

不過是三分鐘的節目，就算臨時拿掉，也不會有人在意的。

是教務處又橋了什麼嗎？還是師父的意思？或者還有他不知道的老師出面反對？

何博思感到深深的疲憊，他已經沒有力氣再去猜測他們背後的算計了。

這樣的日子到底要過到什麼時候？

「主任，他們練習得很認真，我們之前聽過排演的，您也很滿意效果……」

「放ＣＤ就好了，也比較不容易出錯。」

「主任，我們不能對學生失信……」

這句話一出，學務主任才從公文堆中抬起頭來。他略略旋轉了自己的主管椅，半側身面對何博思：

「搞清楚，這點子是你提的，也是你答應他們的。不是『我們』失信於學生，是你失信於你的那幾個寶貝。」

何博思也沒想到自己的反應會這麼劇烈，他的手比腦袋動得還快，真的一拳砸在學務主任臉上了。學務主任的表情立刻歪掉，雙手亂划，又像是要扶住什麼東西，又像是要抓個武器來阻止何博思。整整一學期，不，整整一年以來的忍耐，似乎已經燃盡了何博思最後的理智。他不計後果地抓住學務主任的衣領，用力地摜在旁邊的黑板上。黑板上的行事曆立刻漫漶一片。最初的突擊時間過後，單方面的毆打變成了雙方面的扭打。他們互相敲打對方的頭，用手扯頭髮、用指甲亂戳、用手肘和膝蓋頂撞對方。他被學務主任擊倒在桌面上，文具和紙張嘩啦啦地散落，他感到後背劇烈地疼痛了起來。但接著他又揍了主任的鼻梁一拳，這時候終於爆出了兩道血流。

主任，這不是在打你。他的心思出乎意料地清明。這無關私人恩怨，只是現在你剛好在這裡。

學務處的組長都在大禮堂了，因此他們打的這一架持續了稍微長一點的時間，才有教官和路過的老師衝進來分開他們。他被教官壓制在一張椅子上，像是被陷阱捕捉的野生動物一般地扭動。他不想跟教官打一場新的架，他只是想越過教官，繼續剛剛沒有做完的事情。學務主任整個人一片狼藉，失控地對他吼著髒話，並且發誓會報警、會告死他。

無所謂。他好像回答了：隨便你。

你們愛怎麼樣就怎麼樣吧。

正午的太陽畢竟還是太烈了，他眼角和臉頰上的傷痕，都被曬得隱隱作痛。

他停在路邊，認真地讀完群組裡的所有訊息。他想他應該說點什麼，學生都已讀他的已讀了吧。但過了好半晌，他還是不知道自己該說什麼。

他的心底一片空白。

何博思翻到最初的取消訊息，10:30，那是什麼時候？在他動手揍學務主任之前嗎？他怎麼會有餘裕傳訊息的？還是說，就是因為傳了「對不起」之類的東西，他才失去理智的？他已經完全想不起當時的事件順序了，好像剛才那一架把他打笨了一樣。最後，他傳了沒頭沒腦的一句話過去。

Boss：我扁了主任一頓 爽

接著，就好像害怕被責罵的小孩一樣，急急按熄了手機。他在人行道快步地走著，左手握著手機，右手握著機車鑰匙。至少這學期他換了一台新車，也不算是完全沒有收穫吧。早知道也不要買新車了呀，直接買一台二手的將就將就，搞不好還可以多存個萬把塊。一年的實習，換個一萬元，也算不錯了。人不能太貪心，B team的人出公差時，可是一塊錢都賺不到的。

他再次回到林尾高中時，校門口熱熱鬧鬧地停了好幾輛警車和救護車。各式各樣的人匆忙地穿過中庭。不知道哪裡找來的挖土機停在校門口，一會兒發現這裡沒有足夠寬廣到可以通往事發現場的道路之後，很快就繞出去找別的辦法了。當然，在這一片紛亂中，再沒有糾察隊會站在校門口的哨點上，對所有進出校門口的成人敬禮了。

何博思跨上機車，毫不猶豫地催動油門，驅車回家。

距離放學還有三、四個小時，他這樣算是蹺課吧。每一個念過師培學程的大學生都會聽過教授碎念「等你們當老師就不能蹺課了」之類的話。

現在他不就蹺了嗎。

他比往常早了很多進入家門。母親還在上班，屋子裡陰暗而安靜。他把房門鎖起來，一歪身倒向床鋪。正是在這張床前，張組長答應會幫他辦好阿翔的事。也正是在這裡，母親曾經對他說：當老師好像也沒有人家說的那麼好，不當也沒有關係。

直到此時，他才覺得累積了足夠的勇氣來點開群組。

小惠：廢話 當然爽 那還用說

阿翔：幹沒揪

寧寧：>______>

發哥：出公差！

何博思爆笑出聲，足足笑了好幾分鐘。最後他的笑聲變得很像是噎到或者嘔吐。如果有小偷此時來闖空門，大概會以為這間房子鬧鬼。他抱著手機，在床上邊笑邊滾動，於是不覺中捲起了薄薄的涼被。他像一個繭一樣蜷了起來。最後，在這個只有他自己的繭裡面，他想著B team群組裡的每一句話，終於安心地哭了出來。

作者　BoThink (BT)　看板　shen-ru
標題　[第八夢]
時間　May 30　10:47:16 2019

那是一張列印在普通A4紙上的照片
R組長右手拎著它
像沒什麼風經過的旗子

照片裡的我在咖啡廳裡
俯身向前　幾乎要碰到對面的人
從這個角度看去　近乎接吻

對面的人穿著不合季節的長袖
戴著口罩 只有不太清楚的側面

「對面是誰，你很清楚」R組長說
「我知道你想鬧大，沒關係」
「不是只有你會玩」

最後R組長說
「好好上班，日子就會很快」

--
※ 發信站: 批踢踢兔(ptt2.cc), 來自: 29.352.264.180

9 選志願

在何博思對學務主任揮拳的那一秒，他就以為自己跟林尾高中再不會有關聯了。不，應該說，他跟「教師」這個職業此後也就陰陽兩隔了。就算有什麼奇蹟出現，讓林尾高中願意給他實習證明，之後也不會有任何學校錄取他了吧。再怎麼說，林尾高中都是給了他第二次實習機會的人，這一切在教育界諸君的眼中，不會有恩將仇報以外的評語。何博思甚至都有辦法在心裡模仿那樣冠冕堂皇的聲音：「那學務主任這樣對學生是不太好，但動手打人就是不對呀，怎麼能為人師表呢。」他太清楚了，清楚到隨時都能表演出來的地步，然而這如果能算是一種演技的話，也是無用武之地的演技了，因為沒有他可以上去的舞台了。

他終究沒能演化成真正的老師吧。

不過，何博思意外地發現自己沒有想像中那麼難過。或者說，僅存的一點難過其實也不是因為阻斷了教師之路，而是意識到：如果一拳之後也不過如此，那麼吞忍的大半年又是為了什麼呢？

為了B team？

搞不好他沒來，這幾個小鬼還不必被捲到這團亂七八糟的事情裡面來呢。

然而，這樣平靜的領悟，只持續到張組長來訪的週六下午。

這一次，張組長手上當然沒有水果盒和豬腳保溫鍋了。畢竟這一次，何博思充其量只是手指頭有點挫傷的程度，毫無躺床的必要。然而，張組長進來得很快，何博思只來得及披上外衣，就聽到張組長用豪邁的笑聲與母親應答：「沒關係、沒關係，您別忙，我給博思一個驚喜！」間隔不到兩拍的時間，張組長已經敲了何博思的臥室房門：「老弟在嗎？我進來囉？」

何博思腦袋一片空白，只得先整理出一個微笑，開門。

門口除了張組長之外，還有神色淡然的鄭老師。母親落在更後面，惶惑的眼光越過兩人的肩膀，和兒子觸了一下。何博思自己都搞不清楚這忽然的親熱是怎麼回事了，當然也不可能透過這一眼告訴母親什麼。

「我去切點水果，老師您們慢聊。」

「媽……」

「淑慧阿姨昨天拿了好甜的芒果來。你先招呼老師，要有禮貌。」

母親說完就轉身離開，留下房內三個人。何博思的房間不大，多了一位鄭老師，空氣中很快就漫散出一陣香粉的味道了。

何博思拉出自己的書桌椅，然後又轉了幾圈，拉出一張疊著書的軟墊小几，移開上面字典一般厚的王汎森著作，請張組長和鄭老師坐下。他努力使自己的表情盡量鎮定，心裡卻怎麼也盤算不出兩人的來意。上一次張組長來，那是探病也是橋事，而何博思再怎麼樣都是為了學生受傷的人，沒有心虛的理由。但這次可不同，雖然自己是忍無可忍，在外人看來就是他動手了。母親特別叮囑他要有禮貌，也是憂慮他再次衝動的意思吧。

然而有禮貌要幹嘛呢？求他們施捨實習成績嗎？

想到這裡，何博思心底反而有股逐漸凝結起來的硬氣了。

「坐。」

他對兩人擺擺手，自己則坐回床沿。

「伯母還是那麼客氣。你有個好媽媽啊，老弟。」

張組長揀了軟墊小几坐下，把有靠背的書桌椅讓給鄭老師。

「可惜我是個不成材的兒子。」

「喔？」

「組長，要是你兒子實習第二次了還搞砸，你不會想把他吊起來打嗎？」

「吊起來喔，」張組長笑咪咪地歪頭：「如果是你這個體型，倒還可以，如果是發哥或小惠那種小胖子嘛……」

何博思感到有一股冷冷的線條從背脊閃過去，散進四肢百骸裡。

他不確定那是什麼意思，不全是恐懼也不全是憤怒。

但在他搞清楚以前，他已經坐挺了身子，用自己所能硬撐起來的、最不卑不亢的語氣說：「總之，這段時間很謝謝您們的照顧。您們真的都教我很多。」

何博思僵硬地對兩人各點了一次頭，算是微弱地鞠躬了。

張組長笑容未斂：「別急著進入結論嘛——你不想知道你那個小隊怎麼了嗎？」

何博思立刻搖了搖頭。

隨即又後悔自己反應得太快了，像是早就排演好的假戲一樣，遂又補了一句：

「人生是學生自己的，當老師的總得放手啊。鄭老師這樣教過我：也是不經一事，不長一智。」

說著，掃了一眼至今不發一言的鄭老師。但鄭老師還是沒有答理他，只是低頭滑著手機。

母親這時候推門走了進來，盤子上剝了皮、切好塊的芒果金光燦然。盤子上只有三根叉子，顯然是不想打擾，一放下盤子就退出房間。

「哇，好香。」張組長聲音仍然保持開朗，開朗到何博思無法不覺得煩躁的地步了：「謝謝伯母招待！伯母費心了！」

母親羞赧一笑，欠了欠身。

那姿態裡面的討好，讓何博思心底彷彿有幾十根小刺在鑽。

「我就打開天窗說亮話吧。學務主任的事，我一點也不抱歉，該怎麼樣就怎麼樣，我只求不愧自己。不過，學校發生了這麼大的事情，我很抱歉。說來可笑，如果不是學務主任那樣臨時搞一下子，今天我們就要在醫院談了，也算是救我一命。所以，如果兩位前輩……不，兩位老師，請兩位老師可以放心，我絕對不會落井下石。就算有怨恨，也早就扯平了，這點分寸我還有。」

「你呀，真的是。怪不得。」張組長笑著搖頭：「有時候我都懷疑你是怎麼長到這麼大的。」

「也許是大家都長得太大了啊。」

「也許喔。這答案有創意。那現在，有大人想要跟你談個有創意的條件，Boss你想聽聽看嗎？」

條件？何博思心底一動，但旋即厭惡起自己的心跳。

「師父腦子跌壞了？」

「很可惜，沒壞，禍害總是比較長壽。或者你也可以說是壞了。」張組長向鄭老師擺擺手：「師父提議，由我們兩個來評估，能否給你一個機會，繼續回去當老師。」

「什麼？」何博思茫然：「你說什麼？」

「學務主任會撤銷對你的告訴，醫藥費和其他的問題，學校會處理，你不用擔心。甚至主任可能會有點感謝你，因為你那一拳可讓他多賺了不少年終獎金。我也詢問過鄭老師了，她說你非常關心學生，每次備課都很認真，學生打瞌睡的比例遠低於本校平均，教學成績絕對是高分過關。至於我這邊，你在行政事務上的協助非常優秀，這是各處室都有目共睹的，行政分數給你九十分也不為過。但我會給你九十三分，這祕密我們幾個知道就好：你那拳打得真好。」

「這太扯了。」

「沒錯。不過都垮一棟大樓了，這小事啦。」

「……為什麼？」

「當然就是，有件非你不可的大事要麻煩你啦。」

「這種時候還能有什麼大事……」

何博思話才出口，張組長便斂起了表情。這是今天第一次，他沒有擺出一副吊兒郎當的樣子。

一股不祥的感覺在何博思心裡擴散開來。

張組長從隨身的背包裡，抽出了一份公文。

公文的主旨是「活動中心大樓設計變更案」。這是幾個月前的一份文，貫徹了師父的旨意，把原來設計在活動中心一樓的幾間藝能科教室打掉，換取更開闊的氣勢。何博思記得這份文，他上一次看到它的時候，他輪值到教務處，還記得當時自己腦袋裡升起了不少疑惑——公文上通過的方案，正是校務會報上，廠商說會有危險疑慮的方案。

何博思忽然全身一冰。

難道，廠商後來只是依照師父的意思，直接打掉教室，沒有做任何安全措施，也沒有變更設計嗎？

這麼說來，活動中心大樓之所以會垮——

他抬起頭來瞪著張組長。

「是師父害死他們的。」

「不。沒有人害死他們。」張組長平靜地說。

「那是三十多個學生！那個設計是師父要的，那個廠商……」

「那個廠商是師父的公司，沒錯。但是沒有人害死他們。」

「你他媽在講什麼？」

「你還聽不懂嗎？」張組長定定地看著他：「沒有人會在這事件裡害死任何一個人。有些人遭遇了不幸，但師父不會跟這不幸有任何瓜葛，只是有一點小小的疏失，這就是師父的提議。把你的拳頭鬆開。」

何博思牙關緊繃，全身彷彿一根即將脆斷的弦。

如果他當時多問一聲，事情會不會不一樣？如果他不只是把公文放到張組長桌上，而是多問兩句，是不是還來得及挽回什麼？那時，他心底不是沒有閃過這些念頭，但他馬上告訴自己，這麼大的事，工程方面是不會草率的吧？更何況自己只是個實習老師，就算問了又能怎樣？如果再來一次，就算他拚了命要去阻止這個案子，又有什麼辦法可以阻止——去媒體爆料嗎？誰會相信一個實習第二次的人？

三十多個學生——

就在他們一起唱著歌的那個地方——

張組長非常冷靜地從口袋裡摸出了打火機。那張薄薄的公文上，蓋了每一個處室的紅章。學務處、教務處、總務處、校長室，沒有師父的章，當然也沒有何博思的章。

張組長搖了搖手中的打火機。

「如果你同意我們的提議，那這張公文，從今天開始就不存在了。」

打火機唰地竄出了一顆火焰。

「故事是這樣的：『活動中心大樓設計變更案』這份公文，本來載明了廠商關於新大樓變更設計的安全性疑慮，是由廠商提報給本校的。但在公文流程中，你因為業務繁重，不慎遺失了這份公文，導致廠商與本校之間溝通不良。雙方都以為對方評估過後，已達安全標準，沒有提出異議，因而釀成這起悲劇……」

「你他媽那是人命，是人命！到這種時候你還要幫那個痴肥的胖子隱瞞？」

「放尊重點，那個痴肥的胖子好歹也養了我這麼多年。」張組長把火稍微湊近公文：「怎麼樣？你也可以當我未來十年的恩人，這面子夠大吧？就等你點頭。」

「沒有人會相信這種故事。」

「怎麼沒有？不然你問問鄭老師相不相信？」

「鄭老師……」

「博思。」鄭老師第一次開口，仍然是與她入時妝容不搭的、看淡生死的老尼語氣：「我說過的，你要當老師，就做老師該做的事。就像我現在，也是來做我該做的事。」

何博思哼了一聲：「當老師？哪個學校會收一個搞丟公文、害大樓垮掉的實習老師，去當他們學校的正職？」

鄭老師不疾不徐地說：「我會向林尾高中證明你的品行和教學能力沒問題，全力推薦你為第一適任人選。正如我之前跟你說的：下個學年開始，歷史科會有一個缺。這個缺會一直對你開放。」

說完，她就像完成了今天來此的所有任務一樣，又低下頭開始滑手機。

張組長接著開口了：「就一點小疏失。沒人會放在心上的。就算你不為自己，也想想你媽吧。」

他努了努下巴，那盤芒果已漸漸失去了剛切好時的光澤了。

想想母親？母親可以理解嗎？他想像自己蒙著頭走出法院，被一群記者包圍的畫面。母親看到畫面上的自己，會有什麼反應？

以此換一席林尾高中的教職，她會高興嗎？

巨大的疲勞襲了上來，彷彿大半年來所有人事物一齊掛在何博思的胸口，把他的呼吸扼住，緩緩沉入不知有多深的海溝裡。他什麼都想到了，卻又像是什麼都想不起來。最終他也不記得自己說了什麼，只看見打火機上那顆跳動的火焰躍上了公文的一角。房間裡又多出了一種酥香的氣味，一點一點地淹沒了黑色的、紅色的碳粉印跡。

*

事實上，畢業典禮那天並不真的是高三生畢業的日子。就算沒有發生大樓塌陷的意外，高三生也得一路待到指考為止，高一高二就更不用說了。但從那天開始，Boss就沒有來學校了，訊息也回得很少，已讀的間隔時間拉得很長。B team不再收到任何來自Boss的公差指令，大多時候都躲在各自的窩裡，在群組裡傳訊聊天。這也是為了讓Boss知道他們的近況。如果在校園內閒蕩時被誰遇到，那就順手幫誰出一下公差——當然，學務處是例外，他們都暗自下了要杯葛學務處的決心。

整個學校至少混亂了一週。意外發生之後，學校先是停課三天，以開挖救援、清點傷亡、處理善後。在意外發生的當天下午，警察根據學校提供的參與學生名冊一一清查，發現被列在工作人員清單上的四個人不見了，分別是一年級的周鈞翔和陳明發、二年級的王曉惠以及三年級的李佩寧，因此還引起了一陣騷動。大多數的老師根本不知道他們的活動被取消的事情，當然就沒辦法提醒警察，他們就這樣被列入了暫時失蹤、可能被壓在瓦礫下的學生名單中了。幸好名單送到教官室，準備要通知家長時，有人想起了糾察隊的阿翔曾經來通報狀況，這才避免了一場鬧劇。

當然免不了的是，四個人都被拎去盤問了一番。

B team彼此達成協議，不管問話的人是校內的還校外的，不管他們問什麼，通通不講實話。凡有人問他們事發當時的行蹤，一概回答自己因為領唱被取消心情不好，跑去自己的窩躲起來了。反正不管是小惠的學務處、發哥的保健室、阿翔的諮商小間，還是寧寧學姊的女廁，都或多或少為人所知了，再藏也沒有意義。

只有作為最後藏身處的資源回收小屋不可以曝光。

整件意外本來就跟他們無關，沒什麼好講的，自然是低調為上。

他們哪裡有弄垮大禮堂的本事。

不過，在重新返校上課之後，B team開始感覺到事情變得有點奇怪。本來在Boss揍了學務主任後，他們猜自己在學校裡多少會遇到一些刁難，或被人指指點點，畢竟這一陣子就是為了他們而鬧得滿校風雨，會有冷言冷語也是正常的。

沒想到，學務處、教務處、教官室這些最有實力、也最有理由生氣的單位，每個人看到他們竟然都笑得很暖。路上遇到沒聊兩句，那些個組長、主任都會主動提起Boss：「你們何老師還好嗎？最近還有沒有聯絡？」B team的成員如果搭腔，他們就堆起更噁心的微笑：「何老師是個好老師，我們都知道他很關心學生的。雖然有時候衝動了一點，但年輕人嘛，犯一點錯很正常的，我們很希望他趕快回來學校。」

接著，就不斷問B team成員知不知道Boss的近況。

雖然不知道他們想幹什麼，但是想要套話的感覺太明顯了。他們還能對Boss做什麼呢？當掉他的實習成績？告他傷害罪？這都是意料中事，但如果只是這樣，為什麼還會有那麼多奇怪的舉動？

小惠立刻下了通令：遇到這類問題，不但要說沒有聯絡，也不可以提起B team的LINE群組。

起了戒心的大家，開始分頭蒐集情報。寧寧整理網路上的新聞，阿翔、小惠則趁著進出各處室的時候偷偷留心。為了得到更多機會，小惠很快就擺出一副「沒有何博思也無所謂，反正可以出公差就好」的諂媚樣子，去討好每一個遇到的主任和組長，就連學務處也不例外。或者正應該說，這副樣子就是擺給學務處看的。進到學務處的時候，小惠都會帶上發哥，當她想要偷看誰的桌面或哪份公文的時候，就囑咐發哥用笑話纏住那個人。

這樣努力了幾天，才在一片兵荒馬亂中，大概湊出了一點情況。

根據寧寧學姊找到的新聞報導，這次的禮堂塌陷案是三十多年來最嚴重的校園意外，總共有三十多人死亡、一百多人輕重傷，幾乎都是學生。之所以傷亡這麼慘重，是因為坍塌的位置，是從禮堂正中央的地面開始的。坐在舞台上以及前方座位區的貴賓和師長，都沒什麼問題，僅有幾人因為崩落地面而骨折；坐在後方座位區的家長雖有傷亡，但也不如那幾個升學班可怕。

畢業典禮開始時，高三畢業生十個班，加起來總共五百多人。再加上家長、老師、貴賓，湊一湊大概也就近千人。如果只是這個重量，本來不會有任何問題的。但這次設計的「餞別禮」活動多引了六個班、三百多人上二樓，瞬間超過樓板能夠承受的臨界點。警方為此詢問校方，校方說當初禮堂的設計應該是可以容納全校、加上外賓、至少三千人的，他們也不知道為什麼還不到一千五百人的重量就弄垮了大禮堂。

因此，警方開始轉而調查是否有工程疏失。在還沒有結論之前，機靈的媒體已經找到活動中心大樓的承包商。很快地，他們就發現承包商其實是林尾高中的關係企業，最大的股東正是師父。也就是說，不管問題怎麼算，林尾高中都難辭其咎。網路上已經開始出現大量「利益輸送」之類的評論了。

而阿翔則另有所獲。一開始他在教官室晃來晃去，卻沒聽到什麼有意義的情報。直到他被總務處抓公差去鋸樹，他才在工友們的閒聊中聽到了意外發生的可能原因。真正的問題不在二樓的大禮堂，而在一樓。活動中心大樓最初的設計，是用比較穩固的柱子扛住一樓。不過後來因為教務處提案要增加空間利用率，才把柱子改成「剪力牆」——他Google了好久才猜出是什麼字，也才知道，這個詞的意思是「支撐建築物重量的牆壁」——，然後利用這些剪力牆隔出一間一間的藝能科教室，包含他們練唱用的那間。

本來如果是這樣，也就不會有任何問題了。但是，師父這學期巡視的時候，覺得一樓的隔間太多，進門之後的視野非常狹窄，完全沒有活動中心該有的寬闊格局。所以，師父下令教務處研究是不是真的需要那麼多間教室，教務處當然立刻承認還能找到更有效率的排課方式，打掉其中幾間是沒問題的。於是，教務處刪掉了一半的教室，這些牆壁自然通通不能留了。而因為重點是進門之後的視野是否開闊，所以被打掉的剪力牆都是從位於大樓正中央的正門口延伸進去的。

而偏偏最後讓樓板承受的重量超過臨界點的餞別隊，行進路線就是從會場的正中央穿過去……

正好是大禮堂開始崩塌的區域。

B team成員聽得一身冷汗。

難怪他們一離開，大禮堂就坍了。雖然理智上知道這意外跟他們一點關係都沒有，但每個人多少心裡都有想過，是不是自己當時的恨意太強，冥冥中詛咒了學校的緣故。現在聽到真正的原因，心中又升起了別的念頭來蓋掉這些念頭：如果不是學務主任臨時取消節目，他們就會一起被困在活動中心大樓裡了吧？他們竟然在那棟被偷工減料的、隨時會倒塌的建築物裡面，唱唱跳跳了一個多月……

「看來妳命滿大的嘛。」寧寧學姊首先打破沉默，笑著指了指小惠。

「他還不是一樣。」小惠乜了阿翔一眼。

「搞不好是他啊。」阿翔用肩膀頂了頂發哥。

在陰暗的資源回收小屋中，發哥開心地站起來：「是我！」

大家大笑。空氣稍微沒有那麼沉悶了。

「現在的問題是，這些跟Boss有關嗎？」

「他最好懂工程啦。」

「那你們覺得這個呢？」

寧寧學姊把手機轉向大家，指著螢幕上的一段新聞：

日前，林尾高中大禮堂陷落案，造成數十名學生死亡、近百名學生和家長受傷的意外，經警方追查後，發現案情可能並不單純。消息來源指出，警方現在正鎖定數名教職員工進行追查，這疑似是一場因為金錢糾紛與人謀不臧，而衍生的工程悲劇……

「妳是說……Boss就是那個被鎖定的人嗎？」

「我不知道。不過，如果Boss正在被調查的話，他是不會說的吧？」

小惠沉吟了一會兒，腦中轉了幾輪之後，才開口：

「雖然以前沒遇過這種事，但我可以猜一下……如果警察開始調查某個老師，那學校一定會立刻知道。搞不好還是學校供出嫌疑人的。這樣一來，那個人大概也很難在學校待下去了，他待的那個處室一定會被鬥，我要是他的主任，乾脆就會逼他請長假別來了。如果我這樣想沒有錯的話，那只要查一下這幾天有沒有誰請假就好了。」

三雙眼睛一齊望著小惠，這種消息向來都是小惠最靈通。

「只有一個。」小惠很乾脆地說：「而且就那麼剛好，是我們很熟的那個。」

*

幾天後的傍晚，當何博思走出家門，準備到附近隨便吃點東西時，立刻就被埋伏在人行道上的B team成員給圍住了。

「你們怎麼知道我家……」

何博思試圖板起臉來，不過似乎不是很成功。

想也知道是誰去弄到手的。

「熱死啦。」小惠聳聳肩，隨手一指：「發哥餓了。」

「我還好餓！」

「到底是『還好』還是『好餓』啦。」

何博思無奈，領著這群努力在裝瀟脫的小鬼拐進了附近的小吃店。還不到下午五點半，晚餐人潮尚未湧現，因此他們可以輕鬆佔住一張大圓桌。平常在學校裡沒大沒小，但坐在一張桌子上吃飯倒還是頭一次，四個人的表情立刻拘謹了起來，就連小惠都收起了滿不在乎的樣子，有禮地把菜單推向何博思：「Boss你點。」

何博思叫了一大盤水餃和幾樣小菜，在心底盤算了起來。平常他自己騎車上班就要花去半小時，就算他們今天一放學就衝出校門口，搭上計程車，也勉強能趕到他家門口而已，不太可能好整以暇地埋伏在那裡。思及此，幾股複雜的感覺湧了上來，眼睛好像被鍋裡的酸辣湯濺到一樣。或許是為了掩飾，一開口的語氣竟冷硬得出乎自己的意料：

「你們蹺課來的？」

四人神色一僵。

「我記得當初說好的不是這樣，誰說過可以蹺課到學校外面的？」

「Boss，因為……」

「因為什麼？」何博思轉向開口的阿翔：「你不用去站哨了？」

「我，昨天教官就叫我不，不用站了……」

「昨天？」何博思心念電轉，失控的預感如陰雲擴散。他轉向小惠：「你們蹺了幾天？」

「三天！」

發哥右手比了個大大的三。小惠則準確地接過了話頭：「因為你都沒出來啊。」

「我沒出來？我沒出來你們就可以出來？我罩你們幾次了，你們還沒玩夠嗎？教官叫你不用站了——媽的你周鈞翔跑出來前就不會多想一秒鐘，是誰把你保回糾察隊的？還加入特種部隊勒，這麼不會想你上戰場是要第一個被打死是不是。還有你，王曉惠同學，很行是不是，很會查我的地址嘛，好啊讓你查到了，現在呢？我實習老師就爛命一條，你還以為我可以回去救你們嗎？」

何博思重手落在桌面上，把幾滴蘋果西打震了出來。發哥本來還低著頭，專心吃了半顆水餃，哇地一聲吐了出來，接著又哇地一聲開始大哭。

寧寧學姊沉聲說：「Boss，你冷靜一點，我們是擔心你——」

「李佩寧小姐，容我提醒妳，妳已經畢業了，自然沒什麼蹺不蹺課的問題。要擔心，也請妳先擔心自己的學弟妹。」

何博思話說完，低下頭啜了一口酸膩的飲料。

整家店只剩下發哥的哭聲，以及背景裡電視新聞微弱的聲音。

好了，現在通通搞砸了。

跟張組長、鄭老師談完那幾天，何博思一直想著要如何跟母親開口。從新聞裡，他知道學校已經照計畫進行了。雖然不知道具體會怎麼做，但應該不用太久，就會把警方引導到公文遺失的方向上來了吧。母親憂慮而不敢多問的樣子，每天晚餐都使何博思倍感煎熬。他可以告訴母親，教職會保住，他未來一定會拿到林尾高中的聘書；但如果說出口了，就很難不去解釋那是用什麼東西換來的。母親總有一天會知道的，這樣的拖延毫無意義，然而何博思就是開不了口。

於是，他開始提早出門晚餐，趁著母親還沒下班的時候。

這樣一來，就可以早早躲回自己的房裡。

現在還有什麼更慘的可能呢？——是林尾高中的卸責計畫失敗，他最終不但丟了教職，還被賴上作偽證之類的罪嫌呢？還是林尾高中的計畫過於成功，所以他這輩子都只能在這裡教書了呢？

或者就是此刻了：餐桌上四張頹喪而傷心的學生的臉。

終究還是寧寧學姊先開口了：

「何老師，」她頓了一頓：「我們覺得有必要告訴您，我們推測，學校可能正打算栽贓到您頭上。」

何老師。何博思深吸一口氣。

「你們有什麼證據嗎？」

小惠大概在心底翻了白眼：「證據？師父現在死定了，不找個人來扛不行。你又扁了學務主任，黑到不行，不讓你扛誰扛？你還需要什麼證據？」

「好啊，如果我真上了法院，我會考慮這個說法的。——非常謝謝你們來提醒我這些，那從明天開始，你們可以乖乖回去上課了，是吧？」

「你到底想怎樣？」

「我不是說了嗎：明天開始，乖乖回去上課。」

「你這死樣子跟那些老師到底有什麼不一樣！」

何博思從口袋裡抽了幾張鈔票，往桌上一甩。

「妳說對了，還真沒什麼不一樣。」

他起身走到門口。

本來不打算回頭的，但他的側背包被一股力量扯住。

他撼不開。發哥的臉哭到融化，像一隻遲鈍而沉重的動物那樣掛在書包上。就這麼一緩，阿翔也閃身擋住了去路，一臉「我也不知道為什麼，但不能讓你走」的樣子。

何博思長長地嘆了一口氣。

身後響起小惠不可置信、因而比平常遲緩得多的語調：

「該不會……你真的想自己扛？」

作者 BoThink (BT) 看板 shen-ru
標題 [第九夢]
時間 Jun 6 10:47:42 2019

是p1的Gossiping版。

我已經寫好整篇文章
確認過版規
檢查過分行、排版
連上色都上好了

夢裡已經按下了ctrl+x
剩下s就送出了

手機「叮」的一聲

LINE的訊息釘在螢幕上

GK：老師對不起，我真的記錯了。

夢裡的我把手機一推
面不改色地按下s
但螢幕絲毫沒有變化
再按一次
再按一次
再按一次……

夢外沒有的 夢裡也不會有

夢外的我離開的那天早上
桌上多了一隻蝸牛
它的色調粉嫩得就像是從諮商小間裡面拿出來的一樣

--
※ 發信站: 批踢踢兔(ptt2.cc), 來自: 29.352.264.180

10　家庭訪問

Boss下給B team的最新命令並沒有寫在LINE群組裡。

「回教室待好，要忍耐。」

如果一切順利，最多再鬧個一年，Boss就能順利回到林尾高中教書了。

也就是說，運氣好一點的話，Boss還可以陪到小惠畢業；再怎麼紛擾，也至少可以罩住發哥和阿翔的整個高三。

這節是數學課，整間教室大概只有十五個人沒有趴下來，只有五個人沒有睡著，而阿翔正是其中一個還坐得直挺挺的學生。數學老師在講什麼，他當然是一個字也聽不懂。不過他知道，坐得正、耐得住煩，是一個革命軍人最低標的要求。因此，即使他還是比較想念出公差的日子，但他一回到教室，一定保持屁股只坐二分之一板凳，上半身與牆壁完全平行。至於為什麼要坐在教室裡聽根本聽不懂也不想聽的課，阿翔倒沒有太多埋怨。既然是Boss的命令，合理的就當作訓練，不合理的就當作磨練，一直以來都是這樣的。

只是這一次，Boss的命令實在有太多不合理的地方了。

Boss能夠撐過實習期，當上正式教師，這當然是很棒的結果。更棒的是，阿翔本來以為Boss會就此離開這個爛學校，沒想到他還能留下來。

應該是為了我們吧？

Boss是不會說的，阿翔也不會問。

男人之間本來就不需要講得那麼清楚。小惠就是不懂這點，才會猜到什麼都講出來，然後讓場面變得很尷尬。

然而，這樣真的好嗎？

死了那麼多人，就算不是師父要負責，也該是廠商或哪個主任負責吧。

怎麼會是什麼也沒做的Boss要去頂罪？

「也不算頂罪吧。」Boss說。

寧寧學姐說，Boss的角色，就是讓學校可以騙過警察，讓他們相信大樓倒塌只是意外，這樣就沒有人會被處罰了。

警察真的會相信嗎？真的會相信，只是一份公文的問題而已嗎？

阿翔很難想像。在他的記憶裡，從來只有無辜而被栽贓的時候，從來沒有真的做了什麼卻被輕易放過的時候。

——除了跟Boss在一起的這段日子以外。

他還記得，自己跟Boss說的第一句話是：「為什麼當好學生這麼難？」那天他雜亂地說了很多話，Boss也應該回了很多話。但後來他唯一記得的，只有Boss拍拍他的肩膀，跟他說：「不管別人怎麼說，你都是個好人。」在那一刻，他好像多懂了些什麼。「好學生」跟「好人」就差了幾個字，但意思就有了微妙的差別。當好學生很難，當好人容易多了，就像「出公差」，不乖乖待在教室絕對不是好學生，然而能幫工友阿伯鋸樹、扛水泥，應該可以算得上好人吧。至少，工友阿伯每次見到他就誇，說因為阿翔的幫忙，這幾個月腰終於沒那麼痛了。

Boss也許不算是個好老師，但絕對是個好人。

阿翔心裡本來分得很清楚。

但現在阿翔不確定了：協助學校說謊，隱瞞真凶的Boss，還算是個好人嗎？

如果Boss做的事情不好，卻對B team的大家有利，那到底該怎麼做才好？

這些問題，阿翔一路想到放學了都沒有頭緒。幾天以來，他每次離開校門口都要花好大的力氣，才能忍著不往哨站偷看。那本來是他的位置。不過，今天他竟然想事情想到忘了，第一次毫無芥蒂地穿過那道門。

大概過了兩個路口，阿翔的思緒才被打斷。

「周董，好久不見啊。」

六個人圍住了他。

阿翔像是剛從泥淖裡把腦袋拔出來一樣，整個人還渾渾沉沉的，尚未反應過來，肩上就被推了一把，向後踉蹌了幾步，險險跌倒。

一站穩，他就反射性握拳抬到了胸前。

下一秒腦中閃過了Boss的臉，手臂又鬆了鬆。就在這遲疑間，頭上又被甩了一巴掌。

「嘿、嘿，學長好久不見。」

阿翔勉強開口。

帶頭的一人笑了笑：「周董還記得我們啊！怎麼樣，今天不用執勤喔？你的槍跟皮鞋勒？」

眼前六人，就是幾個月前，被阿翔發現吸毒、又因為騎車弄傷Boss，而被退隊的前糾察隊學長。當時他們是高三，現在都畢業了，自然都是一身鬆垮的便服。看來他們也是命很大，活動中心大樓垮掉也沒傷到他們半點。大概是因為後段班都被安排在窗邊，距離災情最重的禮堂中央很遙遠吧。

不只命大，消息還很靈通，阿翔才退隊幾天他們就知道了。

阿翔一失去糾察隊的身分，之前的協議當然就沒什麼意義了。再加上Boss現在的狀況，教官當然更不可能多認真保護他。

六人把他圍到了牆邊，阿翔幾乎能感受到土磚粗糙的表面了。

「好久沒聊聊了，有沒有想我們啊。」

阿翔堆起笑：「學長愛開玩笑。」

帶頭的「學長」當胸又推了一掌。雖然胸口一陣悶痛，但這次阿翔站得很挺，只晃了一下。

「學長，別這樣啦。」

「別怎樣？」

又是更大力的一掌，阿翔背心被抵在牆上了。

「我這樣你又會怎樣，來啊。」

「學長，我不打架了。」

「你不打架？」帶頭的冷哼一聲：「怎麼，被你那個Boss感化囉？」

阿翔沉默。拳頭握緊又鬆開。

帶頭的大笑：「啊不然叫你那個Boss來救你啊！」

說著一拳摜在阿翔的肚子上。阿翔痛得呲牙咧嘴，微微屈彎了身子，但又立刻直起來。他的本能告訴他不能蹲下來，不然落在身上的就不是拳頭，而是腳了。拳頭繼續落下，不只一人、不只兩三個方向。他只能舉起雙臂遮住頭和胸口，然而這只是讓側腰和肋下挨了更多下重擊。

一片混亂之中，阿翔含糊地大喊了一聲。

好像是急促地說了一串話，但沒有人聽得清楚。

帶頭的一擺手：「停！」六個人都往後退了半步。

阿翔繼續大喊著同一句話，像瘋了一樣。那股瘋勁，讓他就算是不還手，也散發著莫名的威脅感。六個人困惑地看著他。他越喊越大聲，起先還都是嘶嘶的氣音，後來甚至抽搐地哭了起來。過了小半晌，六個人才勉強聽懂了阿翔的句子：

「Boss不會來了！是我們害的！是我們害的……」

剛剛怎麼毆打都勉力站著的阿翔，終於在牆角癱坐成一團，什麼也不顧地放聲大哭。

六人面面相覷了一陣子。

好一會兒，帶頭的才悻悻然撂下最後一句話：

「幹，廢物！就只會哭。」

阿翔聽得一清二楚。

對，他們說得沒錯。

「憑什麼每次都是我們等Boss來救？」

挨一頓揍讓阿翔的腦袋不再混亂糾結了。他拖著腫痛的身體，往資源回收小屋快步走著。他決定先到那裡待著，再傳訊召集B team所有人。等到大家都到齊之後，他要告訴大家這句話。他把這句話在心裡複誦了上百次，直到確定自己絕不可能忘記為止。這一次，他們總得做點什麼，比蹺課去Boss家堵他更多點什麼。

不過，阿翔沒想到，當他踏入資源回收小屋的時候，大家早就在那裡了。發哥笑得萬分燦爛：「你遲到！」

*

「學姊，妳確定這樣真的好嗎？」

小惠很難得地遲疑了起來。

「當然不確定呀。」

寧寧學姊說是這樣說，神色卻一點也沒有擔憂的樣子。

此刻，她們倆正坐在仁光中學附近的一間麥當勞裡，穿著制服的下課人潮不斷從窗前流過去。這裡距離林尾高中有三個小時的火車車程，小惠得要從中午就蹺課，才來得及赴今天的約。

她們盯著每一個經過的女學生，生怕錯過了約好的那個人。

這是前兩天，他們在資源回收小屋裡討論出來的結論。

B team的LINE群組成立的時候，小惠就瞄過Boss的手機頁面了。當時，她看到了頁面頂端釘選了一個群組。一開始，她只是抱著八卦的心態，把頂端的「Gi Kuo」這個帳號默誦幾次，一轉身就筆記了起來。在阿翔、寧寧學姊加入的時候，她又趁機瞄了幾眼，確定這個帳號沒有記錯。

然而，她發現自己想錯了，那很可能不是八卦。

Gi Kuo：老師對不起，我真的記錯了。

這是群組預覽顯示的第一句話。叫「老師」而不是什麼暱稱，如果是女朋友，這也太生疏了。除非何博思是那種會對女學生下手的老師——但小惠怎麼看也不像。

那還會被這麼記掛的，大概只有一個人了。

有了帳號，很容易就能聯絡到本人了。小惠和寧寧學姊擠在一起，小心翼翼地發出了一封禮貌的訊息。對方很快就已讀了，但好一陣子都沒有回應。寧寧學姊沉吟了一會兒，接過手機，又輸入了一行字：

小惠：我們是何博思的學生。很抱歉，我們不應該打擾妳的。但他真的非常、非常需要幫助，也許只有妳能幫他了。

這次沒有等太久，訊息就回來了。

Gi Kuo：為什麼是我？你們怎麼知道我的帳號？

小惠：妳明天有空嗎？我們去找妳講清楚

小惠在旁邊看得冷汗直流，總覺得Gi Kuo隨時會把她的帳號封鎖掉。這太唐突了，而且絕對會掀起人家惡劣的回憶。

「她願意給我們約，就有機會。」寧寧學姊說。

放學的人潮漸漸疏散乾淨了，除了陽光稍微黯淡一些，街道又回復了她們初到的安靜模樣。距離約好的時間已經超過十分鐘了。小惠不時偷看寧寧學姊淡然的側臉，突然有種什麼事即將抵達終點的感覺。在別人面前，小惠總是踐個二五八萬的，假裝自己什麼都解決得了。可是，她很清楚，若沒有沉穩的寧寧學姊陪在一旁，她根本沒辦法確定自己的點子到底可不可行。這幾個月以來，小惠已經養成了習慣，話說完就要偷瞄寧寧學姊一眼，確認她也同意，小惠才會接著把事情分配下去，即使只是誰去灑水、誰去送公文這樣的小事也一樣。而讓Boss振作起來，說服Boss對抗學校的事情過去之後，寧寧學姊真的就會「畢業」了吧。接下來一年，可就沒有這樣一張令人安心的側臉了。

一個穿著仁光中學制服的女生，突然從幾張桌子外起身，朝兩人走了過來。

「嗨，郭同學。」

寧寧學姊微笑，像是一點也不意外她早就坐到店裡面了一樣。

小惠不禁神經一抽，慶幸剛才沒講什麼不該講的，否則全給人家聽到了。

「嗨。」Gi Kuo的短髮底下有一雙細長而疑懼的眼睛：「何博思老師把我的帳號給了你們？」

小惠急忙分辯：「不是，是我們自己偷到的。Boss從來沒跟我們提過妳。」

「Boss？偷？」

這實在不是一個好開場。小惠硬著頭皮，約略地講起了B team成立的經過，以及為什麼會找上她的緣由。Gi Kuo身形單薄，時而蹙眉時而挑眉，右手挾著吸管，無意識地攪拌著可樂，看不太出她心裡真正的想法。就算小惠說了Boss去幫學校頂罪的事，Gi Kuo都沒什麼太大的反應。

「他是為了我們才這麼做的，」焦慮不斷升高，小惠衝口而出：「是為了我們！」

「這樣不是很好嗎？」

「什麼？」

「他當上正式老師，你們保住Boss，學校也逃過一劫。」

「但這是不對的！」

「對不對又怎樣呢。」

Gi Kuo輕微地聳了聳肩，眼神第一次離開兩人，往窗外的仁光中學校門口飄。

「可是……」

「我不知道你們希望我怎麼做，不過我想那都是沒用的。我很謝謝他當時幫我，但我也很高興他真的可以當上老師了。其實很簡單的事情，是被我弄複雜了，他早就應該這麼做了，去幫學校作證啊什麼的，都好。是我害了他。所以，我也跟他道歉過了。從此我應該也不欠他什麼了吧。」

一陣沉默。

陽光又更弱了，取而代之的是麥當勞裡微黃色的燈光，像是要努力模仿太陽那樣亮了起來。

「如果沒其他事情的話，那我就——」

「等一下好嗎？」

寧寧學姊伸出自己修長的左手臂，越過桌面的零碎食物，按住了Gi Kuo的手。

「讓妳看個東西。」

寧寧學姊右手從橘色運動外套的口袋裡，掏出了一把壯碩的美工刀。那是可以輕易裁切瓦楞紙板，甚至削削小樹枝也沒問題的尺寸。小惠則親眼看過它在女廁的壓克力門板上，能夠劈砍出多深的痕跡。而那也是小惠印象中，最後一次看到寧寧學姊手上出現美工刀了，就算出公差的時候，動刀動剪的事，向來都是小惠藉口自己手巧，全搶去做了。直到今天，寧寧學姊再次把美工刀握在手上，穩穩地往桌面上一推。

「學姊……」小惠失聲。

「沒事。」寧寧學姊轉過頭對小惠一笑。

Gi Kuo第一次睜大了眼。

寧寧學姊把刀放下，右手輕巧地捲起了左手臂的袖子。寧寧學姊是那麼細瘦，以至於剝開袖子掩蓋之處的時候一點阻力都沒有，彷彿只是揭起熟透的橘子皮。小惠不忍看，卻又不忍閉上眼，只得把眼光移向Gi Kuo。

袖口捲到了手肘。而手肘以下，一路延伸到掌心的白皙的那一面，細細密密刻了好幾十道、也許是上百道傷痂。

Gi Kuo嘆了一口氣。

寧寧學姊右手的指尖掃過細密而平行的傷口，像是在讀取些什麼一樣。這不是小惠第一次看到寧寧學姊的手了，卻始終沒辦法習慣。然而，稍微冷靜一點看，會發現有些傷疤已慢慢淡去了，而且整隻手臂上都沒有嫩粉色的新傷，通通都轉入深褐色了。

「我不知道以後會怎樣，不過，至少最近這一陣子，我很少想起美工刀。我有時候甚至會忘記，刀鋒把皮膚劃開是什麼感覺。」

寧寧學姊的聲音不大，卻很有力地穿過了嘈雜的背景雜音。

「Boss把妳的道歉訊息釘在第一行。起先，小惠告訴我的時候，我也想過那是什麼意思。他是不是後悔幫了妳呢？不過，從他對我們的樣子，我猜，就算再給他一次機會，他還是會做一樣的事情吧。他從來沒打算沒收我的刀，不像那些教官。」

寧寧學姊把美工刀前推了幾節，露出了稍嫌遲鈍的刀尖。

「我其實不太在乎他有沒有當上老師，我猜他也沒有自己以為的那麼在乎。在仁光中學發生的這些事情很爛，但他沒有後悔。所以他不會常常提起，也沒有改變行事作風，頂多有時傷心一陣。他每天都要傳LINE跟B team講話，每一句話都會看到妳的名字。他一定都記得，但他還是何博思的樣子，還是會跟那些主任啊組長啊橋來橋去，就為了把我們顧好。就像我口袋裡面有刀，那又怎麼樣呢，刀在那裡，也可以不造成新的傷口。

「可是這次不一樣的。他做錯了。三十幾個死掉的學生，而他竟然要幫學校頂罪，讓真凶脫逃。不，不只是脫逃，是下半輩子還得跟真凶待在同一個學校裡。他一定會後悔到死的。」

小惠喃喃說：「他是為了我們這麼做的。」

寧寧學姊點了點頭。

「是為了我們，至少他這麼以為。所以我們去講什麼都沒用的。只有妳了，郭同學，只有妳能讓他想起來，什麼才是做了不會後悔的決定。這是為什麼我約妳出來。很對不起，我知道這一切應該都與妳無關了，可是只有妳才有這種力量，去把那個何博思救出來了。」

寧寧學姊站起身來，從來不向任何師長低頭的她，對Gi Kuo深深地鞠躬了下去，久久不起。

「我們真心的請求妳。」

小惠眼眶一熱，連忙也蹭到寧寧學姊身邊，與她並肩鞠躬。

低下頭之後，小惠就看不到Gi Kuo的表情了。但此時，她才清楚地看見了，Gi Kuo身穿的似乎不是這個畢業季該穿的夏季制服。那身小惠所不熟悉的仁光中學的制服，有著不合季節的青綠色長袖，全然掩住了Gi Kuo手腕以上的整隻手臂。就像寧寧學姊永遠不離身的橘色運動外套一樣。

11 出公差

直到隔週的週會，B team的四個人才確定計畫奏效了。

那是這學期最後一個週會了，他們躲在各自的窩裡。Boss這一陣子仍然不太回訊息，大家雖然焦急，但也擔心催得太緊反而弄巧成拙，因此也都像沒事人一樣，只挑些不重要的瑣事在上頭聊天。看到Boss已讀，也權當作一種報平安了，就像Boss在學校裡的時候一樣。一切都靜悄悄的，不確定是不是有什麼在暗中醞釀。

週會的時候，阿翔的訊息傳進了群組。

阿翔：快出來聽　好像在講Boss

阿翔的窩就在輔導室，距離孝親廣場最近。他也不確定到底是在講什麼，只是聽到了

「何博思」和「大禮堂」之類的關鍵字，立刻就送出訊息，然後躲進了逸仙樓走廊上一塊隱蔽的角落。小惠和寧寧也立刻從孝親六樓的女廁下到三樓，蹲在走廊的花台後方。麥克風的聲音開得很大，讓輪椅上癱成一片的師父，也能把混濁的鄉音播送給廣場上的所有班級：

「……所以，首先，我要說，愛徒們現在在這裡，大家還可以一起聽師父說話，是很大的福氣。每一天睜開眼睛，就要告訴自己，我們有很大的福氣。這次的事件很嚴重，但我們只要秉持著禮義廉恥、親愛精誠的心，行得正，坐得直，一定能挺過難關。你們的賀校長，你們的教務主任、學務主任、總務主任、主任教官和輔導主任啊，都跟我說，他們啊，自願捐出今年的年終獎金，來慰問受害的學生。師父我非常感動，所以特別准許了他們的請求。

「但是，在這麼多好主任、好老師之中，還是出了一個害群之馬！師父我非常憤怒，他不配擁有跟大家一樣的福氣，他就是歷史科的實習老師，何博思老師。我已經嚴厲地斥責了張組長和鄭老師，是他們的管教無方，才讓我們林尾高中蒙受今天這麼大的災難！

「他在這個學期，自己出了車禍，請了好幾天假沒來。我們學務主任看他可憐，借他一大筆錢，要他好好養病，結果這年輕人愛慕虛榮，竟然先拿錢去買了一台新車！一個實習老師，每天穿得光鮮亮麗，騎著打蠟的新車招搖過市，這是很壞的示範，怎麼能為人師表！我也聽說他在學校裡，專門跟壞學生廝混，包庇他們欺騙其他師長……

「這麼壞的一個實習老師，我不承認他是老師！這麼壞的一個實習生，就因為不想還錢，三番兩次以下犯上，跟學務主任吵架。我看穿了他的居心，他就是想著實習結束，拍拍屁股走人，就可以平白賺一台車子，沒那麼容易！畢業典禮那天，我們學務主任跟他好聲好氣，他竟然出手打人！

「最壞最壞的是，經過我們的調查，這個姓何的實習生因為懷恨在心，故意把一份安全檢查的報告書藏了起來。那份報告書，是廠商給我們的評估，裡面有提醒我們工程上需要補強的地方。他就為了想找我們麻煩，不知道藏去哪裡，沒有報上來，所以才釀成了畢業典禮的意外。幾十條人命，上百個傷患，通通都是他害的。幸虧法網恢恢，警察把他抓走了！但是，他竟然還狡辯，反咬學校一口……」

十分鐘後，B team全體就在資源回收小屋集合完畢了。

每個人的表情，都像是整個人被丟進烘衣機甩了幾百圈那樣，茫然到哭笑不得的樣子。

好半天，阿翔第一個開口：「師父剛才講的……是Boss？」

小惠扶額：「幹，是在講什麼鬼啊。」

「至少被警察抓走這件事是真的，」寧寧點開手機：「即時新聞：檢方傳訊林尾高中實習教師何博思……」

「Boss不是壞人！不、是、壞、人！」

「你乖，我們知道。」小惠拍了拍發哥：「壞消息是，學校他們編了一套很靠北的說詞，八成也會這樣告訴警察和記者。但好消息是，Boss看起來沒有傻傻頂罪，所以師父現在氣到要來週會罵一罵才能消火。」

寧寧學姊嘆了口氣：「對，真的很煩，他們把真話跟謊話混在一起說了。買車是真的，虛榮是假的。打人是真的，借錢是假的。大樓倒塌是真的，Boss的人格是假的。Boss辯解是真的，公文弄丟了是假的。如果搞不清楚狀況的人，看到真的部分，就很容易也相信假的部分。」

這道理很簡單，B team的每個人都知道。

這正是他們在學校裡長到這麼大，每個人都經歷過的東西。

「那現在要怎麼辦？警察會不會被騙到啊？」

阿翔滿面怒容地站起身來，好像想砸個什麼東西出氣。但轉了兩圈，四周都是裝袋綑好的紙包、寶特瓶和鐵鋁罐，打散了似乎都有點違反阿翔努力守規矩的原則。於是他還是什麼都沒砸，氣鼓鼓地坐回原地。

資源回收小屋陷入了一片沉默。

深深的無力感蔓延了開來。

不管Gi Kuo跟Boss說了什麼，看來那的確奏效了。但接下來他們還能做什麼呢？他們不過是幾個高中生。就算他們相信Boss，願意到法庭上作證，又有誰會相信他們的說法？「B team」，講得好像他們真的是一個什麼團隊一樣。但事實上是什麼呢？發哥只不過是會講笑話和擦桌子、阿翔不過是會站哨和推板車、寧寧不過是很會唱歌很會跑步、小惠不過是多知道一點學校裡面的事情。

在這種時候，這些長處又有什麼用呢？

他們又不是警察，沒辦法把真正的凶手揪出來，繩之以法。

「凶手明明就是師父。」阿翔把頭埋到膝蓋之間：「明明就是他害的，工友都說了，是他亂改設計……」

「但是工友不會作證的，那樣會丟工作。而且，就算他們願意作證，也得拿出證據來，才能讓警察相信吧。」

寧寧學姊的雙手掌心按摩著自己的太陽穴，聲音多了一絲疲憊。

「證據？」一道念頭閃過小惠的腦際，她直起身子，眼光掃過愁雲慘霧的大家：「對，只要有證據就可以了對吧？」

*

帶著發哥和阿翔前往教務處的途中，小惠在心底不斷地罵自己笨。

怎麼會沒想到呢，師父說Boss藏匿了一份公文，這當然是沒辦法找到證據來反駁的，因為公文早已燒成灰了。只要學校和承包商套好招，承包商跟某幾個主任都堅持有這份公文，並且捏造一個流程，宣稱公文最後出現的地方是在實習老師手上，自然能把事情賴到Boss頭上。Boss也不可能證明不存在的東西存在。就算Boss辯稱自己沒有藏匿，願意讓警察搜查他家，也沒辦法證明什麼——對警察來說，這可能只是他徹底銷毀了公文。

但是，有件東西是存在的。

不但存在，而且還是小惠親自過手的。

那時Boss在教務處，因為盯著那份「活動中心大樓設計變更案」公文看得太久，讓小惠也起了好奇心，偷瞄了幾眼。公文呈給張組長，蓋了「代為決行」的章之後，還由小惠送出去繞了相關單位一圈。這份公文最後回到代替師父下了這道命令的教務處手上。也就是說，這份公文最後也是小惠親手歸檔的。

而小惠當時沒事找事，仿照了學務處的習慣，所有公文都有多影印一份留底。她把影本的卷宗，塞在教務主任辦公室的某個櫃子裡了。

如果教務處的人沒有注意到的話，影本應該還在那裡。

不用管什麼打人、借錢、狡辯之類的指控，那些都不重要。只要找到最後那份公文，上面蓋滿了各處室主管的印章，真相自然就會大白了。那就足以證明，他們從一開始就知道建築物不安全，只是每個人都選擇不要違逆師父的意思。

真要說誰是凶手，他們一個個都有關係。

小惠抱著一件紅色的公文夾，硬紙的封皮上印著「最速件」三個字。以前的她最喜歡送最速件的公文了，這種公文因為性質緊急，所以必須一關一關跑、確認每一位主管都立刻看過然後蓋章，於是就有很好的理由可以遊蕩好幾節課。趁著某些處室汰換文具的時候，她偷偷在六樓的女廁藏了幾個，沒想到今天派上用場。為了讓偽裝像一點，她在公文夾裡塞了一份從輔導室那邊ㄎ一ㄤ來的、無關緊要的公文。

週會還沒結束，這代表教務主任還在孝親廣場上。

他們大概有十分鐘的時間。

一走進教務處，發哥立刻依照原訂計畫，纏住還在外面工作的組長們。小惠給他的指令是「每個人分配三個笑話」。小惠和阿翔立刻趁隙進入教務主任的辦公室，由阿翔在門口附近警戒。這間辦公室同時也有會客室的用途，Boss第一天來報到時，就是小惠引他進來坐的。而從會客的沙發區再往裡面走一點，就會看到三組略微生鏽的白鐵皮公文櫃，配備著橫拉式的櫃門。

那就是目標了。

外頭傳來了發哥憨厚的聲音：「……然後，那個女人就跟司機說：『我生前也很喜歡吃。』……」

公文是在三月回來的，那是Boss實習的第二個月。走來的路上，小惠已經在心裡預演過很多次了。她知道自己把三月的公文影本收在哪一櫃，甚至大概知道在哪一個小格裡。只要抽走那份公文，放進公文夾裡偷偷帶走就可以了。

然而當她伸手去開櫃子時，臉色瞬間大變。

鎖住了。

笨死了。公文櫃平常本來就是會鎖的。

一直以來，她都是拿Boss隨身攜帶的鑰匙來開鎖的。主任或組長手上應該也有，但她現在當然不可能跟他們要。

阿翔發現她神色有異，輕聲開口：「怎麼了？」

「鎖住了。」她撼了撼櫃門：「我忘記需要鑰匙了。」

「那怎麼辦？」

「你繼續看著，我找找找。」

盡可能不發出聲音地，她開始翻教務主任的桌子和抽屜。每一秒她都變得更加緊張，本來就算被人看到在拿公文，也可以裝作只是跟以前一樣來幫忙整理，一臉無辜地離開。即使任務會失敗，至少還能全身而退。但現在這樣子，已經擺明是來偷東西的了。如果有誰探頭進來，他們幾個就吃不完兜著走了。

「快點，發哥講完一個組長了！」

「你以為我不想快嗎！」

小惠的手開始出汗了，碰到紙張和文具的時候，都有一種黏滯的觸感。沒有，這個不是鑰匙，這個也不是公文櫃的鑰匙……她心裡的絕望感越來越強，她幾乎確定教務主任也把鑰匙帶在身上了，這裡是找不到的。

「阿翔，你過來。」

「找到了嗎？」

她搖頭。

「我們現在只剩一個辦法。」

小惠附耳過去，快速講了一串話。

「我們只有一次機會，動作要非常快。你做不做？」

阿翔咬了咬下唇，龐大的身軀洩漏出一股憂愁的氣息。

阿翔點頭了。

「大不了一起退學。」

小惠第一次拋給他一個嘉許的眼神。

阿翔確實是執行這個臨時生出來的B計畫的不二人選。他走到牆角，毫不費力拎起了滅火器，然後用它堅硬無比的鋼筒砸向公文櫃門。「砰」一聲金屬撞擊的巨響，阿翔沒有時間猶豫，立刻砸了第二下、第三下。櫃門應聲破開，像是一隻怪獸被割開了肚子，裡頭一小格一小格的卷宗堆斜斜地滑了出來。阿翔呆呆地看著小惠立刻蹲下去挑揀的身影，好像還不是很明白自己剛才做了什麼。

而就在這幾秒間，教務處的組長們已經從巨響的震撼中回過神來，紛紛探頭進入教務主任辦公室。他們困惑地看著阿翔手上的滅火器，阿翔也困惑地回望。在薄薄的人牆後方，發哥還在盡責地執行任務：「有三個國家的總統一起坐飛機，沒想到飛機故障——」

「你們在幹嘛？」唯一一名男組長厲聲問。

「沒事沒事，」小惠抹了抹汗，堆滿笑容站起身：「只是發生了一點意外。」一邊說著，她一邊將紅色的「最速件」公文夾塞到了阿翔手裡，然後第二次附耳過去。

跑。

阿翔龐大的身軀瞬間啟動。他的懷裡抱著公文夾，但也並沒有放下滅火器，所以看起來是抱著一整團火紅的東西往前衝撞。滅火器的質地和重量，讓這股前衝的氣勢看起來更驚人了。首當其衝的三位教務處組長並沒有跟一頭鬥牛正面對決的心理準備，反射性地通通閃開了。直到阿翔跑過了他們的「防線」，他們才意識到不太對勁。雖然不確定阿翔到底偷走了什麼了不起的東西，但既然陣仗這麼大，就必然是很嚴重的事情。女組長立刻衝到電話前，想撥給教官室。男組長則直追出去，邊走邊吼：

「站住！」

「給我停下來！」

「抓住——抓住他！」

阿翔當然沒有理他，三兩步拐下樓梯，就往校門口奔過去。但組長的吼聲還是起了作用，教官室內立刻湧出了四個教官。主任教官一看到來者，也立刻吼了起來：「周鈞翔你搞什麼東西啊！給我立正站好！跑，你還跑！」說著說著吹起哨來。教官們在穿堂裡散成一個弧形，像海底的魚網那樣圍攏過來。已經退隊的阿翔，這時候當然更顧不得什麼糾察隊的倫理、紀律之類的東西了。情急之中什麼也沒想，就直接把手上的滅火器，往擋在他正前方、最近的那位教官身上砸了過去。當然，滅火器實在太重，教官輕易就閃開了，堅硬的鋼鐵桶子只砸在地面上，引起了一聲沉重而嘈雜的「匡噹」。不過就在這一閃躲間，阿翔得到了一個空隙，一頭撞出了包圍網。

這時候的小惠人正在主任辦公室，整個人攀在主管椅後方的窗戶前。窗戶的視野正對著校門口，因此阿翔衝出包圍網之後的事情，小惠看得一清二楚。在校門口的哨站附近，有一個穿著亮橘色長袖運動外套、手長腳長的人影。阿翔快步下了穿堂的階梯，向著他好久沒登上去的哨站飛奔。在這個地方，他突然想起了第一次見到Boss的時候——不是在輔導室的那個諮商小間裡，而是在這裡，在那個沒什麼人的寒假，有一個超北七的陌生人在校門口的線上跳進跳出，害他這個剛開始實習的預備隊員敬禮的動作大亂。現在想起來，一切都好像注定好了那樣。念頭才剛轉到這裡，他就感覺到身後有好幾股力量纏住了他，有的抓住了手臂、有的按住了肩膀、有的攔腰抱住。就在他徹底被按在地上之前，他用盡最後的力量，把手上的公文夾甩了出去。

那道橘色的身影接住了。

那是曾經加入過田徑隊的寧寧學姊。她修長的身影一點慌亂的樣子都沒有。不管發生什麼事情，她總是那樣淡淡穩穩的。從小惠的角度往下看，在她一接到公文夾、拔腿起跑的那一瞬間，周遭每個人的時間都像是被調慢了一樣，變成了三分之一、五分之一轉速的慢動作影片。教官們愣了一秒，才終於有兩人追了出去。但等到他們起跑，寧寧學姊已經轉出校門，拉開他們半個街區的距離了。

派出所並不遠，如果正常走路只要不到十分鐘。

這也是為什麼，當Boss一出拳打學務主任，警察可以立刻趕到，把兩人帶去做筆錄。Boss這個北七，出手前一定什麼都沒想過吧。

如果一般人走路都只需要十分鐘了，寧寧學姊抵達派出所、把證據交到警察手上的時間，應該會比警察出車來逮捕Boss的時間更短吧？

小惠像是全身虛脫了一樣，靠著牆癱軟了下來。

從阿翔敲開櫃門到現在，應該只過了一分鐘。

底下孝親廣場的週會本來應該平穩地進入尾聲的，但因為一連串的吼叫和聲響，本來堪稱嚴肅、認真、紀律的聽訓隊伍，此刻嘈雜得像一鍋沸騰中的鹹粥一樣，混濁而充滿了興奮的活力。隊伍當中甚至有不少人一邊東張西望、一邊想著：是不是又有哪棟大樓要倒了呢？

這次輪到哪一棟了？孝親大樓、逸仙樓還是志清樓？

「各位保持肅靜！班長整隊！整隊！」

小惠聽著教官慌忙地整理隊伍的聲音，腦中浮起了師父的臉。剛剛發表了長篇的演說、還沒離開現場的他，現在的臉色一定超級難看，氣到說不出話了。他可能會想要扣主任們的年終獎金作為懲罰吧？但很可惜，現在扣不到了，因為他們剛剛才捐掉了自己的年終獎金。如果還有什麼更可惜的，就是沒有在師父面前砸櫃子、扔滅火器給他看。主任教官等等要怎麼解釋這一切呢？或許他們等等會回來盤問她，這樣她就可以親口告訴師父，B team這些爛學生偷走了什麼東西。

想到這裡，小惠忍不住打從心底笑開了。

趁著還沒有人想起要來逮捕她之前，她傳了一封訊息到群組去。

小惠：換我們扁了學校一頓

小惠：爽

12 畢業典禮

今年的畢業季非常熱鬧，林尾高中畢業的人數比往常還要多了一些。賀校長、教務主任、總務主任和幾位參與其事的組長，都因為在同意變更設計的公文上蓋了章而被警方調查。他們暫時被解除行政職務，並且無限期留職停薪，直到調查有個眉目為止。

由於證據確鑿，推翻了之前校方提供給警方的說法，因此有部分教職員工被指控作偽證。其中包括學務主任，他編造了整個借錢的故事。另外還有張組長，他宣稱自己把安全報告書交給何博思遞送，但經過調查，校方確實有拿到一份安全報告書，只是從來不曾經過何博思的手。

承包商也陷入大麻煩。因為他們配合師父的命令，沒有照著結構技師審核過的圖樣來施工。現在網路都在討論，到底還有哪幾棟建築是他們蓋的，有人要求政府應該無限期關閉林尾高中，直到確定沒有其他「設計變更」的教學大樓為止。

師父倒是推得一乾二淨，堅持這些事情他都不是很清楚。在媒體記者包圍他的輪椅時，他承認自己確實提過想要打掉隔間：「那只是說說而已，我並不知道有人會真的去做。」他的鄉音好像又更重了一點。雖然很多人對他的卸責行為強烈不滿，用各種難聽的話罵他，但全林尾高中上下都曉得，師父這麼說不可能會錯。因為，所有公文裡面本來就不會有師父的名字，查到什麼他都可以說是底下的人決定的。就算作為校董，他要負一些連帶責任，他也不會被控告成為主犯。

「這是林尾高中的危急存亡之秋，大家要忠肝赤膽，一致對外！」

據說在本學期最後一次、何博思已經進不去的校務會報上，師父激動地說。

而說過「你若要作證，就只能是為了保護同事」這句話的鄭老師也被傳喚了。但她始終淡淡地表示，自己沒聽說與何博思相關的一切事情，就像那天下午的晤談並不存在一樣。但是張組長卻作證指控了他。雖然他早就知道這個劇本是怎麼寫的，也知道張組長必須扮演這個角色，但想起他開學以來的友善態度，何博思的心裡還是會感覺到一種刺痛。

所以，鄭老師把他當作自己的同事來保護了嗎？

反之，張組長沒有把他當作自己的同事——

是這樣嗎？

不管怎樣，何博思確確實實沒有機會再成為哪個老師的同事了。實習期滿之後，教學導師鄭老師和行政導師張組長，都會各打一個分數，傳回給何博思就讀的那所大學的師培中心。而師培中心的教授還會再給第三個分數，三個分數加權計算後，才是何博思的實習成績。而就在他被檢察官傳訊，並且拒絕承認藏匿公文的隔天，教務處便指令張組長，以他在實習期間牽涉重大案件為由，把他的行政實習成績打了一個永遠無法翻身的超低分數。通常在慣例上，實習學校免費使用了半年的人力，是不太可能在這個關頭為難實習老師的。不過「被檢方傳喚」這個理由實在太強硬了，師培中心除了委婉表達希望林尾高中重新考慮一下的意思之外，也沒有別的辦法。等到案情比較明朗一點，證明何博思無辜的時候，早已進入暑假、成績底定了。

這第二次的實習，終究還是失敗了。

也算是一種畢業吧？

何博思本人倒是沒什麼特別的感覺。從出拳砸向學務主任的那一秒起，他就想過要放棄教師生涯了。中間一度答應和林尾高中交易，也終於在Gi Kuo的訊息傳來之後，徹底打消念頭了。當然，他也知道了小惠會偷瞄自己手機畫面的事情。此後使用手機時，便養成了左右張望一下的習慣。

何博思的傷害罪最後是庭外和解，罰了一點錢。據說學務主任不繼續控告到底，是不想讓自己的偽證罪官司惡化，向法官證明他有悔意。

不重要了。

今天就會是他最後一次踏進校園了吧。只不過是因為念了好像沒什麼出路的歷史系，就糊裡糊塗跑去念了師培，到頭來還是一場空。全台灣有像他這樣，實習兩次都失敗的案例嗎？至少他沒聽過，也不打算嘗試第三次了。他這輩子轉學的次數已經夠多了。安安分分回家，拿著那份沒三小路用的歷史系畢業證書，隨便去找個工作吧。以前他總覺得這樣的學歷，根本不可能在這個社會上活下去，但在林尾高中這半年，他至少知道，自己以前的想法是很可笑的。林尾高中一屆屆的畢業生，念的都是比他還差的大學，甚至沒有念大學，他們還不是都好好的？覺得自己會活不下去，純粹是眼高手低，眼睛只盯著那些自己看得起的工作吧。

他跟B team的小鬼混在一起的時候，可從來沒有升起「他們以後會活不下去」的念頭。相反的，他常常覺得沉穩的寧寧和機靈的小惠比自己要社會化多了。他們並不是不適於生存在社會裡面的人，只是剛好不太喜歡學校而已。

何博思跨入林尾高中的校門。八月天的豔陽毫無遮蔽地鋪在每個人身上，黑色的頭髮吸滿了不必要的高熱。門口穿著儀隊服的糾察隊向他行了一個舉手禮，腳跟的鐵片碰出清脆的聲響。他走過穿堂，沒有跟任何人打招呼，就從學務處的側邊滑過孝親大樓，踏上了被逸仙樓和志清樓夾在中間的孝親廣場。右側的教室裡是新一屆的高三生正在暑期輔導，為了半年之後的學測備戰，也在倒數著一年之後的畢業季。他們這屆還不知道有沒有大禮堂可以用呢，如果沒有，他們就要在這個廣場上向貴賓表演鼓掌九下的神祕絕技了。

B team在群組裡約他到學校見面。沒有指定地點，但他知道該往哪裡走。

他總是知道可以在哪裡找到他們；因為他們願意被他找到。

穿過孝親廣場之後，就是寬闊的大操場了。往左前方看，就是那棟拉起了封鎖線，禁止任何人進入的活動中心大樓了。這還是他第一次看到受災之後的活動中心，看起來就像是一隻前腳跪地的笨重野牛，身體要倒不倒的，彷彿受了很嚴重的傷。他遲疑了一下，終究還是抵不住臨時升起的好奇心，掀起工地封鎖線往野牛肚子鑽去。

本來是大門的地方，被機具清成一個大洞。裡頭的柱子都是歪的，卻意外地還能看得出原來的輪廓。二樓地板的破片斜斜地插到一樓來，就像戰爭電影裡面，士兵小隊突進射擊的廢墟。有若干支撐物頂住了殘破的地面，何博思忍住不去想學生被壓在底下的畫面。正當他準備離開時，突然聞到了水的氣味。

水……？

這幾天都沒有下雨，就算下了，活動中心的屋頂也還好好的，裡頭怎麼有水？

左右張望一下，何博思發現向下的樓梯大致上還是好的，便就著手機的光源，往地下室走去。每往下一級，水的氣味就更清晰一些，甚至隱隱還有輕微的水波聲。

走到底，轉進一道門。何博思想起來了。

這裡是還沒啟用的游泳池啊。整個空間大致完好，畢竟坍塌的是二樓地板，跟地下室沒什麼關係。但他以為游泳池要到下學期才啟用，不知道這裡竟然已灌滿了水。整個空間幾乎都是暗的，只有手機的光流散在水面上，描出柔軟而難以辨識的影子。比起一樓的殘破與悶熱，此處的空氣清涼多了。現在，暫時沒有人記得這裡有一池涼水了吧，即便是在最適合游泳的八月。

「湖上的鴨子都到哪裡去了？」

何博思喃喃自語。一愣，接著才醒悟過來。

那是在師培課程讀到的一部小說，故事中的主角不斷在問這個問題。他初讀時覺得很煩，心得報告寫完之後，至今從未想起過。此刻他反而覺得有點可惜，這個地方似乎很適合重讀這本書，也很適合有幾隻鴨子，就算是那種很假的游泳圈鴨子也好。最後，在他離開去找自己認識的鴨子前，他從背包裡掏出了那隻粉藍色帶米色斑點的蝸牛布偶，把它輕輕地放在岸邊。那是可以清晰聽到水聲的地方。

*

何博思打開鐵皮屋，眼睛還沒適應裡頭的陰暗前，就先開口了：

「靠，你們不會熱啊。」

「我們早就引進高科技產品了好嗎，」小惠拍了拍身旁的電風扇：「感謝總務處的熱情贊助。」

何博思看向坐在角落裡，通通擠在風口的扇形範圍的四個人。

靜默了半秒之後，所有人都爆笑出聲。

發哥衝第一個，接下來每個人都撲到何博思身邊，緊緊抱成一團。

「Boss你回來了！」

「你那時候到底怎麼打的，學務主任的左眼裂了整整兩個禮拜欸！」

「他們告輸了嗎？證據有沒有用？」

何博思稍稍推開他們：「好停，一個個來。這樣我沒辦法講。」

雖然一路上都在腦袋裡面整理最近的事，但真的面對B team的時候，反而千頭萬緒，不知從何講起。從畢業典禮開始，發生的一切事情都太荒謬了，荒謬到他有什麼想法，好像都是多餘的一樣。他莫名其妙地扛了幾十條人命的「疏失」，即使自己根本不在場。但也莫名其妙地，他從一開始就有種事不關己的抽離感，整個人木木的，覺得怎麼樣都無所謂了；隨便他們玩吧。是他自己不好，不該踏入一個自己根本不了解的異世界。

不過這個異世界，偶爾也會遇到B team這麼好玩的事情。他在派出所裡聽那些員警們津津樂道了好幾次：你那個學生齁，大熱天穿著長袖，還跑得那麼快，跟一隻羚羊一樣衝進來，把一個深紅色的公文夾甩到我們值班員警頭上。被寧寧用公文兜頭打了一記的值班員警笑說：我看她後面還跟著幾個人，不分青紅皂白全湧上來，那瞬間真的以為哪裡的民眾激烈陳抗，打算要佔領派出所了勒。據說當時，寧寧把公文夾塞給警察之後，非常鎮定地伸出雙手：「我打你是我不對，你抓我吧。但那個是很重要的證據，你們要收好。」隨之而來的兩位教官則在回過神之後，意識到自己追著寧寧進了派出所，露出了困惑的表情瞪著她……

最終何博思只吐出了短短的一句話：

「我沒事了，謝謝你們。」

他也一起跑去風口邊坐下來，聽他們講大樓崩塌之後的事情。從事件當下的報警和通報措施，到後來學校師長試圖套話，以及最後如何想到要把關鍵證據偷出去，足足講了半個多小時。

「小惠是很棒的隊長呢。」寧寧說。

「沒，沒有啦。」小惠難得地結巴了起來。

「嗯，真的還好有學姊。」阿翔加碼。

「你用滅火器丟教官的那幕，才真的應該慢動作播放一百次。」小惠笑著戳了戳他的肩膀：「我在二樓搖滾區看得超清楚，差點沒笑死。」

「我有講笑話！」

「這個我可以幫發哥作證，如果我們當時不要那麼衝動的話，搞不好我根本不用拿滅火器。光靠發哥就可以讓整個教務處陷入昏迷。」

大家笑了出來。

何博思轉向寧寧：「總之，恭喜妳畢業啦。雖然還是有點遺憾，沒能讓妳好好參加畢業典禮。」

寧寧聳聳肩。

「你們幾個……之後在學校裡，萬事保重。不用我說，你們也知道師父是很小心眼的。」接著，何博思換上一副輕鬆的語氣：「我已經決定另外去找工作，不教書了。所以，我也算是跟寧寧學姊同期畢業啦。還不知道要做什麼啦，但應該會選一個比較不容易被告的工作。」

「欸？」阿翔瞪大眼：「Boss你真的不教了？」

小惠白了他一眼：「我就跟你說吧，只有你還在那邊不相信。」

「這樣也被妳猜到啊，看來妳真的比我還適合當老師呢。怎麼樣，要不要考個有師培中心的大學啊。」

「再說啦。」小惠嘟囔著：「看你搞成這樣子，就算考得上，誰想去啊……」

「其實並不是都那麼糟啦。至少學生都還不錯啊，妳看我才來半年，就有專屬的小隊了耶。」

「少來。」小惠頂了一句，停頓一下，接著說：「其實不只你跟學姊啦，在這裡的大家，今天都要從林尾高中畢業了。」

「等等，什麼意思，你們被退學了？」

「是還沒啦，但大概也差不多了，畢竟這件事情鬧這麼大。師父在校務會報上罵我們罵了快一個小時，據說差點當場中風。我們想說，與其等他們退，不如我們自己先走。」

阿翔點點頭：「我跟家裡講好了，先休學打工一下，然後就去考中正預校。」

小惠則拍拍發哥：「我會顧好他的，Boss你放心。我們會一起轉去別的學校，到時候我會幫他找窩——搞不好他也不需要窩，只要新學校沒有鼓掌的問題就好了。」

「不要、鼓掌！升級！」發哥高舉雙手，原地轉了幾圈。

大家愣了一下，還是何博思先笑出聲來。

「好耶，這樣大家都一起應屆畢業了。這樣說來，現在好像很適合唱個畢業歌耶。」

「呃，你可以比唇語就好嗎，不是很想聽到你的聲音。」

「我沒有要給妳選的意思。」

寧寧學姊一抿嘴，眼神掃過每個人。

她伸出右手，無聲地用手指倒數。三、二、一——

發哥的節拍不太準，但還是把每一個「爽」字都唱出十二分力。何博思走音一如往常，但B team早已練習過幾百次了，他們不會輕易被歪斜的聲調帶走的，始終都會走在自己的旋律線上。阿翔和小惠穩穩地守住該有的聲線起伏，一起護著寧寧學姊的漂亮聲線，她優美的沙啞嗓音幾乎使得整間小屋裡的玻璃和金屬都共鳴了起來。

合唱到情緒高昂處，大家額上都滲出了肉眼可見的汗珠。每個人都唱到微微瞇起眼來了。終於，在進入最後一次副歌的時候，應屆畢業生寧寧脫下了她的長袖外套，像角落生物褪去牠偽裝的殼。她的兩隻手腕上，都有一些暗紅色的舊傷，是過去三年裡一點一點刻上去的。然而，重要的是，這雙手上再也沒有新的傷痕了，所有的傷口都不會再流血了。那些漸漸隱去的痕跡就像一個個不被打擾的小窩。如果有誰看見了，不必大驚小怪，也不必多說什麼。

——歌聲漸弱。他們忽然聽見鐵門外有人敲擊。第一下還彷彿是幻覺，第二下、第三下之後，聲音紮實了起來，夾雜著宏亮男聲的斥罵。

「Boss習慣很好哦，還記得鎖門。」

何博思聳聳肩。

外面的人顯然不知道裡面有誰。

——躲在裡面搞什麼東西啊！

這樣的句子單調地重複著。B team所有人安靜聽著，像是順著敲打樂的節拍滑入夢境一樣。何博思閉上眼，想像這間孤懸在學校一角的垃圾小屋，外面有一名軍裝筆挺、氣急敗壞的教官。他水藍色的襯衫浸透了汗，又旋即被豔陽烤乾。之後會有越來越多教官、老師、組長、主任，甚至是乘著輪椅的師父，會圍到屋外來吧。這或許是他們之中很多人，第一次來到這個地方，第一次發現B team最後一次出公差的據點。當他們發現裡面原來就是我們時，會露出什麼樣的表情呢？

B team的大家已經唱完畢業歌了。

現在，還沒準備好的，就只剩下外面的世界了。

這裡有Boss和B team未完的故事，

可能，也有你的故事：

國家圖書館出版品預行編目（CIP）資料

湖上的鴨子都到哪裡去了 / 朱宥勳 著. -- 初版.
-- 臺北市 : 大塊文化, 2019.10
面；　公分. --（to ; 115）
ISBN 978-986-5406-11-0（平裝）

863.57　　　　108014786